長編小説

欲望女課長

沢里裕二

竹書房文庫

目次

※この作品は竹書房文庫のために
書き下ろされたものです。

第一章　濡れる街角

1

富久《とみひさ》町の料亭『吉粋《きっすい》』を出て、三分と経たないうちに、沛然《はいぜん》たる雨となった。十一月の冷たい雨だ。

やはり店を出る際に、丈夫で大きな傘を借りるべきであったと、福岡美恵子《ふくおかみえこ》は唇を嚙《か》んだ。

吉粋の玄関先で、女将《おかみ》の綾乃《あやの》が、「大雨になるそうですよ。少しお待ちを。いま大きな傘をお持ちします」とせっかく申し出てくれたのに、美恵子はその声を無視して飛び出してきてしまったのだ。

それだけ不快極まりない宴席であった。女将のせいではない。接待相手のせいである。

それにしても、この雨には困った。

雨足が十秒単位で強くなっている。風も狂暴さをあらわにしていた。

手持ちの折り畳み傘では、どうにも太刀打《たちう》ちできそうにない。

とはいえ、とどまっていては尚のこと酷《ひど》いことになりそうなので、途方に暮れながらも、先を急ごうとした。

だが、足が思うように動かない。これは暴風雨のせいばかりではない。泥酔しているのだ。

接待相手にさんざん飲まされていた。ひどい相手であった。

おかげで足が真っ直ぐ前に出ない。酔いと暴風雨で、身体が右へ左へと、糸の切れた凧《たこ》のように揺れ動くありさまだ。

傘も借りずに吉粋を飛び出してきたのは、接待相手である『永治製菓《ながはるせいか》』の専務北浦《きたうら》勝昭《かつあき》からホテルのバーに行こうと、しつこく誘われたからだった。それもふたりきりで、だ。下心満載の眼で言われた。

これ以上飲まされたら、正気でいられなくなるのは目に見えている、というのにだ。それだけでも不快だったのに、美恵子の胸にはさらなる怒りが重なっていた。

勤務する『北急《ほっきゅう》エージェンシー』の上司である本橋史郎《もとはししろう》が、北浦が誘うのを容認している気配があったのだ。

『それは福岡君の自由意思だよ』はありえない。

この期《ご》に及んで美恵子は、ようやくこの接待が本橋の謀略であると確信した。

あくまでも美恵子の自己責任として、北浦と関係を持たせようとしていたのではないだろうか。

思い返せば、最初からしておかしかった。

そもそも、座敷にテーブルはなく、座布団の前にお膳が置かれていたのだ。

美恵子は本橋に命じられて黒のスカートスーツで接待の場に臨んでいる。それが常識だと言われた。スカートはタイトミニだった。

その恰好《かっこう》で正座すれば、当然、膝頭の間が危なっかしいことになる。僅かな動きでも女の奥の院が見えてしまうはずだ。

美恵子は、そのことで頭がいっぱいになり、常に自分の股間を意識しながら食事をしなければならなかった。

緊張のせいでよけい酔いが回るのは必然だった。

目の前にクライアントの北浦が座り、本橋は美恵子の横にいた。

男たちは、いずれも胡坐《あぐら》である。

会話は、世間話から始まり、本橋の計画する日東《にっとう》テレビの深夜三十分番組『夜更《よふ》かしＯＬ』の提供についてのプレゼンとなったが、北浦はその説明を上の空という感じで、聞いていた。

とにかく美恵子の猪口《ちょこ》に燗酒を何度も注いでくる。

「まぁまぁ一杯」

飲み干すとまたすぐに注いでくる。

「いける口だね。ほらもう一杯」

北浦は、そのたびに前屈みになり、視線を美恵子の膝頭の間に這わしてくる。粘っこい視線だった。

美恵子も最初のうちこそピタリと太腿を寄せていたが、杯を重ねるうちに、次第に膝の崩れを防ぐことが困難になりだした。

瞬間的にではあるが、何度か両腿の奥を見せてしまったと思う。

スカートの奥は黒のパンストとシルキーホワイトのショーツ。そのセンターシームが食い込む三角地帯を、ばっちり拝ませてしまったことだろう。

北浦の視線は、時の経過とともに露骨になった。

一時間後には、美恵子は飲み過ぎたせいで、意識がもうろうとなり、とうとう横座りになってしまったのだ。最初はハンカチを膝にかけたが、それもすぐにはらりと落ちてしまった。

パンツ丸見え座りである。

北浦は顎に手を当て、じっとそれを観賞しはじめた。美恵子はどうにかしようと、何度も身体の向きを変えようとしたが、どうしても膝頭が開いてしまった。

卑猥な視線に、股間が炙《あぶ》られたように熱くなった。

美恵子は何度も本橋に救いを求める視線を送ったが、それも無駄だった。本橋は、その状況に至っても、見て見ぬふりを決め込み、とにかく日東テレビの提供枠のセールスを続けるばかりだったのだ。

挙句の果てに、北浦にホテルのバーに誘われる段に至っても、自由意思だという。

これは「未必の故意」ではないか。

未必の故意とは、放置すればどんな結果になるか予測できるのに、見て見ぬふりをする行為だ。

例えば、雪の降る路上に酒を飲んで寝ている人間を放置するようなものだ。死ぬ可能性があることを予期していながら、そのままにしておくことだ。

過失ではなく殺人罪を問われる。

同じように酔って判断力を失った女を、下心ある男とホテルのバーに行かせればどうなるかを予測しつつ、本橋は美恵子を見捨てようとしたのだ。

すべては美恵子の自己責任ということだ。

(冗談じゃない)

危険を察知した美恵子は、北浦の誘いを断り、玄関の三和土《たたき》に降りた瞬間、逃げるように料亭を飛び出してきたのだ。

背中で、北浦の怒鳴り声と本橋が平謝りしている声を聞いたが、振り返りもせずに、靖国通りへと大急ぎで走った。

それが三分前だ。走ったのでよけいぐでん、ぐでんになっている。

目の前で吹き荒れる暴風雨は、前途の多難さを物語るようだ。

明日から本橋との関係はぎくしゃくするだろう。

本橋にパワハラを問うても何ら証拠がない。それより「なぜ、急に帰った。永治製菓の北浦専務に対して非礼ではないか」となじられることだろう。反論の術《すべ》はない。

(とりあえず明日のことは、明日になってから考えよう)

考えるのも、もはや面倒くさくなっていた。

所詮、一般職。総合職のキャリアガールのように失う地位はなにも持っていない。事務職なんて、どこに飛ばされてもやる仕事は似たようなものだ。

それより差し当たっての問題は、この台風のような雨と酔いだ。足が真っ直ぐ前に出ないばかりか、黒のスカートスーツは、すでにずぶ濡れで、身体に重い。

街の灯りが揺れて見えた。身体が右へ左へと揺れる。

ぐでん、ぐでん、とはこのことだ。

そこに再び強い横風が吹き寄せてきた。

「うわっ」

身体ごと煽《あお》られ、オフィスビルのシャッターに体当たりさせられた。まるでドラマで見る無頼派作家のようだ。

「痛いっ」

美恵子は、シャッターに半身を押し付けたまま、息を整えることにした。動くのが面倒くさい。

それでも、暴風雨は容赦なく吹きつけてくる。

ジャケットの下の白ブラウスが肌に張り付き、ブラジャーのカップのラインをくっきり浮かび上がらせていた。自分で言うのもなんだが、エロい。

「いやんっ」

歩道で跳ね返った雨粒が、スカートの奥に飛び込んできた。

パンストの股底に当たる。なんというところを刺激してくれるのだ。そこは、一番響く女の突起物だ。

妙なスイッチが入り、脳内がエロモード全開にされてしまった。

女も酔えばエロくなるのは当然だ。

先ほどまでは、中年男たちの企《たくら》みに対して嫌悪感が先立ち、エロい気持ちになれなかったが、いまになって淫気がどっと噴き出してきた感じだ。

北浦がより狡猾《こうかつ》で、下心を露《つゆ》ばかりも見せずにいてくれたなら、結果は違っていたかもしれない。

いまごろホテルの一室で、みずからパンツを脱いで、北浦の逸物《いちもつ》を、喘ぎ声を上げながら受け入れていたかも知れないのだ。

酔って挿《さ》し込まれるのは、決して嫌いではない。問題はそこに至る経緯だ。

女は自分たちも酔うとスケベになるのを知っているから、男の前では慎重になるのだ。女子会ではみんな半端《はんぱ》なく酔う。下ネタトークも男以上だ。

（私、かなりやばいかも）

死ぬほどオナニーしなければ、収まらないほどの発情ぶりだ。

（どこかに入って、人差し指でアソコをくちゃ、くちゃ擦りたい）

こんなときは、女子高生の頃ならトイレに駆け込みひとりエッチだが、二十九歳の大人はカラオケボックスだ。

ボックスで、大音響を立てながら、気が晴れるまでオナニーするのだ。

歌うのもいい。

オナニーに似た陶酔を得て気持ちが開放されていく。

歌うとそれなりにカロリーも消費されるので、酒も抜けていく。カラオケにはそういう力がある。

とりあえず、もう一度歩き始めるためのエネルギーを蓄えることにした。

シャッターに寄りかかり、じっと体力の回復を待つ。幸い、ビルにはほんのわずかな庇《ひさし》があった。

身体を休めていたら、頭の中をぐるぐるとさまざまなことが巡りはじめた。

美恵子は、北急エージェンシーの第一営業部に所属している。

とはいえ、総合職のキャリアガールではない。

一般職の庶務担当。

主要業務は営業部員たちの経費精算と、売り上げデータの管理だ。平たく言えば、毎日パソコンに向かって単純な入力作業をしているだけというわけだ。

したがって、そもそも接待に出向くなどということもありえない立場だ。

本橋に騙《だま》されたのだ。

『北浦専務が、ごく普通のOLと飲みたいというものでね。総合職のいわゆる営業ガールは、どうも計算尽くで、接待の場に座っているようで嫌なのだそうだ。それよりも、事務職の子から永治製菓のお菓子の忌憚《きたん》ない評価を聞きたいと。そんなわけで頼まれてくれないか』

そう言って、呼び出されたのだ。

(嘘だ)

総合職のキャリアガールと違い、一般職のOLなら、やられてしまっても構わないと考えたのだろう。

舐《な》められたものだ。

確かに美恵子は出社すると同時に昼のランチを楽しみにし、そのランチを終えると、午後六時に退社することだけを考えて働いている。

それは正しい一般職ＯＬの姿だと思っている。

仕事の創出を生きがいにしているキャリアガールと異なり、自分たちは時間を会社に売っているに過ぎないのだ。

月に一度のプレミアムフライデーには『北急グループ』各社のＯＬ仲間たちと女子会を開く。

それが最大の楽しみだ。

「お乱れ会」と言っている。

妙な名称だが、何かいやらしいことをするわけではない。

女同士でとことん飲みまくりましょうという会だ。

バブル期の先輩たちが残した名称で、単純に飲んで下ネタトークに華《はな》を咲かせ、その後カラオケのパーティルームに移動して、朝まで歌いまくるという健全かつ豪快な会だ。

集まるのはいずれも一般職のＯＬばかり。

総合職のキャリアガールたちは、グループ会社であっても、微妙に意識しあっているので、そうした会合でも牽制しあっている。

北急グループとは、二百以上の企業や団体からなる巨大企業群である。

ただしグループの中でも明確な格付けがあるのだ。

一に電鉄、二に建設。それが北急のツートップで、百貨店や観光、広告代理店などはそれより格下になる。

男性社員やキャリアガールたちは、プライベートな会合でもその序列に基づいて会話をする癖がある。

そこへいくと、一般職ＯＬは、そんなことを気にしない。

何処《どこ》の社にいても、仕事にさほど差がないからだ。それよりも飲んでおしゃべりに夢中だ。

当然、人事の噂話から、売り上げ数字まで、ここでは漏れまくりとなる。

所詮、自分たちは重要機密など持っていないから、平気なのだ。ただしこの噂話の拡散力はＳＮＳ以上のパワーがある。

次のお乱れ会で、美恵子は今夜のことを、ありのまま暴露するつもりだ。ＯＬネットワークの凄みを本橋に思い知らせてやる。尾ひれの付き方は半端ないはずだ。

ところで、北急エージェンシーは社員数八百五十名。二〇一七年度の売上高九百五十八億円。業界六位の中堅広告代理店だ。

この売上高は、業界一位の『雷通《らいつう》』の約四十分の一。二位の『広報堂《こうほうどう》』と比しても十分の一である。

広告業界はこの二社の独占状態にあるというのは事実だ。

それでも二十年ほど前までは、北急は業界第三位についていたのだが、二〇〇〇年代に入るやいなや、ネット広告に特化した新興の『ハイパーエージェント』が急成長し、業界三位の座を奪われてしまった。

さらには中堅どころのライバル社が次々に合併を繰り返し、売上高を伸ばしていくと、北急エージェンシーは、一気に業界六位にまで転落することになった。

デフレ不況下もなまじグループ内需要で凌《しの》げていたので、競争意識に欠けていた結果だった。

同業者からは「北急はお公家《くげ》集団」と揶揄《やゆ》されたりもしている。

それでも社員の中には、雷通や広報堂より北急の名を冠しているぶん、自分たちの方が世間的な知名度は高く、一流企業であるという意識が強い者も多い。

何を隠そう美恵子もそのひとりだ。

美恵子は東北の出身である。大学で初めて東京に出てきた。マンモスで有名な大学の文学部だ。

偏差値以上に知名度が高い。

そこがその大学を選んだ理由だ。

知名度があるということに安心感を抱く。イノベーターはどこか不安である。これを人は保守的と呼ぶが、すべての人間が大志を抱いているわけではない。

大きな傘の下で暮らすのは、楽だ。

それで大学と同じように実家の両親も知っているような知名度がある企業に就職できればいいと思って、北急エージェンシーを受験した。

一般職を選んだせいか、意外とあっさり合格してしまった。

本当は丸の内のＯＬになりたかったのだが、紀尾井町《きおい》ＯＬも悪くない。

靖国通りの暴風雨はますます勢力を増してきたが、オフィスビルのシャッターに寄りかかっていたせいで、少し息が整ってきた。

（よしっ。カラオケボックスへ行こうっ）

まずは、オナニーで気持ちよくなって、あとは歌いまくるぞ、と意気込み、もう一度通りに出た。

「あっ」

一歩足を踏み出したとたん、ハイヒールの踵《かかと》が折れた。右足だ。日ごろは社内業務ばかりなのでハイヒールなど履かない。もっぱらローファーだ。慣れない靴を履いたので、体重の掛け方を誤ったのだ。

バランスを崩したところに、さらに不運の連鎖が続く。

誰かの肩にぶつかった。かなり硬い肩だった。

「うわぁ～」

美奈子は折り畳み傘を放り投げ、そのまま歩道に尻から落ちた。咄嗟《とっさ》に尻から落ちるのが一番安全なのではないかと思ったのは、中学、高校と体操部にいたせいだ。

頭、肩、腕、膝は庇《かば》いたい。それで尻から落ちた。

美恵子の姿は放り投げた折り畳み傘の様子に似ていた。

「大丈夫ですか？」

手を差し出してきた男の視線が、ある一点に伸びていた。美恵子の股間だ。

「あっ、ひゃはっ」

美恵子は両脚をめでたいぐらいに大きく拡《ひろ》げていたのだ。

完璧なM字開脚。どうぞアソコ見てくださいと言わんばかりの体勢だ。

あげくに黒のパンストの股間は、びちょびちょに濡れて、センターシームが食い込んでいた。肉丘が割れて見える。

万事休す。

見ているのは、目の前の男ばかりではない。通りを行き交う人々も、わざわざ立ち止まり、美恵子の肉丘をのぞき込んでいる。

恥ずかしさで額に汗が滲《にじ》んだが、股間の花びらも蠢《うごめ》いた。

立ち上がろうとしても、膝に力が入らない。

『夜更けの新宿通り。百貨店のシャッターの前でM字開脚する女』

美恵子の頭の中をそんな見出しが飛び交った。

顔が火を浴びたほど熱くなり、急に意識が遠くなりだした。人間、極度の羞恥に晒されると思考が停止するらしい。そんなとき、

「一営の福岡？」

よりによって男は唐突に自分の名を呼んだ。顔を覗き込まれる。

「福岡美恵子だよなぁ」

（うわぁ〜）

思考が一気に現実に呼び戻される。男は同じ会社の中川慎一郎《なかがわしんいちろう》。メディア本部のエリート社員だ。

（嘘っ。死んだ方がマシかもっ）

2

「中川さん、歌でも歌いに行きませんか」

美恵子は股を拡げたまま、唐突にそう呟《つぶや》いた。

よくもまぁ、そんな言葉を吐けたものだと、自分の耳を疑ったが、この際、そうでも言わねば大変なことになると、本能が訴えていた。

目の前の男を、このまま帰してはならない。

酔ってパンツを丸出しにしてしまったこの出来事を社内に触れ回らないように、口封じをせねばならない。

それには、友達になることだ。

中川は、同じ北急エージェンシーのメディア本部テレビ部の課長補佐。三十三歳。日東テレビとテレビ毎朝《まいちょう》の担当のはずだ。目鼻立ちが整ったいい男だ。もちろん独身。別に結婚相手のマトにかけるつもりはない。

単純に、知り合いになって、今夜のことは内密にしてもらいたいだけだ。このまま帰せば、明朝すぐに中川は言うだろう。

『夕べさ、一営の福岡と新宿でぶつかってさ。あいつ酔っぱらってて、歩道で大開脚してた。エロいよ。黒のパンストの内側は白のパンティ。どっちかと言えば結構盛りマンだった』

と言って回るだろう。

社員同士といっても、特に親しくなければそんなものだ。それを阻止しなければならない。

中川は濃紺の光沢のあるスーツを着ていた。

営業本部とメディア本部は密接な関係にある。

テレビスポットや提供枠という大金を動かす仲だからだ。

そのため中川はよく第一営業部にも打ち合わせにやって来ていた。顔と名前ぐらいは知っていて当然だ。

とはいえ、深く話したことはない。

「歌?」

中川は、眼を瞬《しばた》いた。

「歌とか歌わないと、私、寝ちゃいそうなんです」

後半部はオナニーしちゃいそうなんです、と言いそうになったが、なんとか踏みとどまった。

「なんで、そんなに酔っているんだよ」

中川は手を差し伸べながらも、視線は美恵子の股間に注いでいた。

見るなというほうが無理かもしれない。

センターシームの食い込んだ肉丘を見られても、不思議と北浦に感じた嫌悪感はなかった。

差し出された手を握ると、むしろ一気に発情のスイッチが入った。男根を握ったような錯覚にとらわれたのだ。

「事情は後で説明します。でも、まずＡＫＢとか歌わないと、お酒、抜けそうにないんです。あの、ちゃんと料金は私が払います」

美恵子は語尾を震わせながら言った。発情しているのが悟られるのではないかと、胸が張り裂けそうになる。

「しょうがねぇな、じゃぁ、そこらへんのスナックにでも行くか？」

中川が区役所通りの方を指さした。

「ボックスでいいです。このずぶ濡れの恰好、知らない人に見せたくないです」

中川に手を引かれ美恵子は立ちあがった、スカートの裾《すそ》を払い、折れたハイヒールの踵を拾った。中川がその姿を眺めていた。

「だよなぁ。わかった」

中川が肩を貸してくれた。

ふたりで新宿三丁目を彷徨《さまよ》った。

ところが、このゲリラ雨のせいで界隈のカラオケボックスはどこもかしこもが満室で、気が付けばふたりは靖国通りを渡り、歌舞伎町の花道通りまでやって来ていた。

(ここから先は、大久保側は都内屈指のラブホ街)

心臓が高鳴った。息苦しくなる。

ひたすらカラオケボックスを探し回った末の結果であり、中川によこしまな魂胆があったとは思えない。むしろ、中川の方こそ、ラブホ街で社内の女と連れ立って歩いている様子など知り合いに見られたくないのではないか。

(私は、やってもいい)

雨はあいかわらずの勢いだ。

「中川さんが紳士であれば、私、ラブホでもかまいません。カラオケのある部屋なら、OKです」

「カラオケに拘《こだわ》るね」

「カラオケが歌いたいからです。それ以外の理由でラブホには入りませんよ」

心にもないことを言った。

「いやいや、俺、紳士じゃないけど、会社の女には手出しするつもりないよ。その心配はない。それに俺、ラブホ。まぁいいや。入ってから」

中川が乗って来た。

「じゃ、そこ」

美恵子は指さした。

雨に濡れたピンク色の軒灯《けんとう》が、妙に淫らに輝いていた。

【『ホテルバージンバージン』空き室あり　泊まり九千五百円～】

中世の古城をイメージしたデザインのホテルだった。昭和の雰囲気満載だ。

「福岡って、あの店名なわけ？　バージンバージン」

「な、わけないでしょっ。ちゃんとやっています」

つい女子会口調で答えてしまった。しまったと思った。

「そっか。てか、リアルに聞いちまうと、なんか妄想しちまうな。福岡もやることやってんだ？」

バストと股間を交互に見られた。無遠慮な視線だが、好奇心丸出しの少年のようで、むしろ清々《すがすが》しい。見られた場所が、疼いた。アソコがじゅんと濡れる。

「すみませんでした。妄想しないでください。照れちゃいます」

恥の上塗りだった。美恵子は黙ってうつむいた。中川が強引に腕を取って、バージンバージンの扉を開けた。

どの部屋にもカラオケは設置されているということであったが、部屋の写真の並ぶ自動受付機には、すでに一部屋しか灯りが点《つ》いていなかった。

雨宿りを口実に、連れ込んだ男も多いのだろう。

「これしかないけど？」

円形ベッドのある部屋を中川は指さした。いちいち、確認されるのも照れくさいものだ。

「かまいませんけど」

美恵子は答えた。どこでもいいんです、といっているようで恥ずかしかった。

二階の部屋に入ると、それはもうレトロという領域に入る部屋だった。回転ベッドに天井は鏡張り。透明のガラスに仕切られたバスルームはなんとローマ風呂風のデザインだ。美恵子は眩暈《めまい》がしそうになった。

あれではシャワーを浴びている様子が丸見えではないか。

ならばオナニーはどこですればいいだろう。

トイレ？　気乗りしない。

テレビにカラオケのマイクがセットされていたが、そこだけ違和感があった。この部屋には、テレビすら似合わない。

「改築していないんだな。たぶん三十年ぐらい前のインテリアをそのままにしてあるんだと思う。いまの条例ではこういうエロい演出は出来ない。稀少価値のある部屋だ」

中川が上着を脱いだ。真っ白なシャツに緑色のネクタイだった。地味だがセンスのある配色だった。

「ラブホ、詳しいんですね」

チクリと嫌味を言ってやる。

「うん。実家が大昔ラブホをやっていたから」

意外な返事が返ってきた。中川慎一郎は、大手ビジネスホテルチェーン『エンペラーイン』の子息のはずだ。

元はラブホだったとは知らなかった。

「マジですか？」

「俺が生まれる直前までは、うちラブホだったんだよ。オヤジは別にビジネスホテルに切り替えたかったわけじゃない。ラブホの条例がどんどん厳しくなって、こういう趣向を凝らした部屋が作れなくなったんで、面白みがなくなったんだとさ。ラブホの方が断然需要があったそうだよ。ビジネスホテルは一室にひとりもしくは一組しか客が取れないけれど、ラブホ時代には一日に三回転以上していたって聞かされている。稼働率がまったく違うってね」

「需要、あるんでしょうね」

ラブホを使う男女の様子を思い浮べて、美恵子はよけいに身体を火照《ほて》らせた。

「あるだろう。目的はひとつだからね。ビジネスというのは面白いもので、人に言えないような仕事の方が儲かる。ピンクビジネス、ダーティビジネスはその典型だね。もうひとつは誰よりも早く新しい需要を見つけることだ。広告マンはそこが肝《きも》だけどな」

中川は、そんな話をしながら、バスルームに入ってお湯を張りだした。

ガラス張りだから、中の様子がよく見える。ネクタイを外して、腕まくりしながら湯加減を見ているようだ。

「いちおう、ここにスクリーンカーテンがあるけど降ろすか？」

中川がバスルームのガラス窓越しに言っている。

「もちろん、降ろしてください」

最終的に、そのつもりはあっても、恥じらいのない女だと思われるのは心外だ。

「だよな」

中川がするすると紐《ひも》を引き、白のスクリーンカーテンを降ろした。いちおうバスルームは独立した空間に変わった。

「じゃあ、とりあえず、その濡れた服脱いで、身体を温めてこいよ」

バスローブを抱えた中川が出てきた。

「俺もこっちで着替える」

「中川さんも着替えるんですか？」

美恵子は眉を顰《ひそ》めて聞いた。

「いいじゃないかよ。俺だって濡れているんだ」

口を尖《とが》らせている。子供みたいだ。同時にその表情の明るさに育ちの良さを感じた。好感が持てる。

「いや、かまいませんが、紳士ですよね？」

念を押した。本音はやってもいい。

いや、厳密には、やりたくて、やりたくてしょうがないのだが、ここは「そんなつもりはないポーズ」を取り続けるべき場面だ。

一般ＯＬにはＯＬなりの駆け引きがある。

「だから、俺は酔った女の弱みに付け込む気なんかないって。早く温まってこいよ。俺はビールひっかけながら歌っているから。テレビ局の接待用の曲を覚えるんだ」

中川が液晶モニターの方に近づき、カラオケ用のリモコンを取った。

「じゃぁ、お言葉に甘えて、先にいただきます」

美恵子は、バスルームに駆け込んだ。

やっとクリトリスをいじれる。

3

スクリーンカーテンを降ろしたバスルームで、美恵子はまず全身にシャワーを浴びた。冷えた身体に適温のシャワーが気持ちいい。

ベッドルームの方からは、中川の歌声が聞こえてくる。勝手にカラオケを始めたようだ。歌っているのは意外なことに関ジャニ∞の『無責任ヒーロー』。接待の席でのウケを狙っているのだろう。

だが、中川の歌唱は、歌っているというよりも、ほとんど叫んでいるに等しかった。

あれでは接待になるまい。

美恵子は『無責任ヒーロー』のサビの部分をハミングしながら、シャワーを股間に持っていった。

片方の手でシャワーホースを握り、もう一方の手の指先で、紅《あか》い亀裂を寛《くつろ》げた。亀裂の中からとろみが溢れ出てくる。我慢していた分だけ、ぐちゅぐちゅになっていたのは当然だ。

表皮を被った肉芽が尖っていた。

直接、触りたく、触りたくてしょうがない気持ちを抑えて、亀裂をV字に拡げたまま、まずシャワーを浴びせた。

「はぁんっ」

待望の淫感に、全身がくらくらとなった。

シャワーから飛び出す湯の勢いで、花弁が押し広がった。水族館で見たエイのように平べったくなる。

「うっ、いいっ」

花弁をシャワーで押し広げながら、美恵子は肝心なポイントは外した。肉芽はじっくり責めたい。その周囲に焦《じ》らすように湯を浴びせる。表皮の脇の辺りだ。

「あぁああん」

中川にそこを舐められていることを妄想した。耳から入ってくる中川の声をオカズにする。歌は下手《へた》だが迫力があった。きっとべろべろ舐めてくるタイプだ。

（丁寧に洗ったほうがいい）

咄嗟にそんなことを思った。

具体的に清潔にするという意味もあったが、さんざん北浦に視姦されたことで、アソコが穢《けが》されてしまったような気がするのだ。

（リニューアルしなきゃ）

美恵子は人差し指を花びらに這わせた。お湯をたっぷり浴びせているというのに、そこはぬるぬるとしていた。

自分で雨を降らせて、自分でワイパーのように指を動かす。丁寧に洗った。花びらの裏も表もきれいに流す。

いよいよ、表皮に指を這わす。

興奮して鼻から息が漏れた。

猛烈に擦って絶頂し、淫気を鎮《しず》めたい気持ちと、これから起こるであろう中川との情事のために、前戯にとどめておきたい気持ちが胸中で衝突した。

色っぽさを残しておくには、後者である。

だが、もしも中川が本当に手出しをしてこなかった場合は、彼を寝かせて、もう一度自分はバスルームに戻って、気のすむまでオナニーするしかない。

思案のしどころだ。

(色気は後回しだ)

美恵子は初心に戻って「全力オナニー」をすることにした。

いったん、シャワーを止めて固定した。湯は出したままだ。

集中すると、周囲の気配がまったく分からなくなる。それがオナニーというものだ。

ひと呼吸置き、スクリーンカーテンの向こう側の様子を窺《うかが》う。聞こえてくる中川の熱唱は絶好調だ。気づかれることはないだろう。

美恵子は、石鹸液で両手を濡らした。

そろりそろりと亀裂に指を這わせて、その合わせ目に向かわせる。

(触ろうか、いやもうちょっと待つ)

指の腹を、くにゃくにゃする表皮の縁につけたところで「ひとり焦らし」をする。

ピーナッツを摘《つ》まんで、すぐに口に入れないような状況をキープする。

(私ってエッチ)

傍目《はため》には、とてもせこい女に映るだろう。だけれどもそれが女だ。淫芽を一気に摘まみだす前に、じっくり間合いを取る。

「あぁあぁ」

中川の唇が表皮を剝《む》くのを妄想して、つるっ、と剝いた。淫核《コア》が飛び出した。にょきっ、といきり立っている。覗いてみるとピンク色の小豆《あずき》が、ぴっちぴちに硬くなっている。

もう我慢の限界だった。

指で擦るか?

シャワーを当てるか?

どっちでオナる?

(指だっ)

美恵子は、左手の指二本で表皮を剝いたまま、右手人差し指を女芽《にょめ》に走らせた。

そこはまさに女の中核だった。触れると同時に、快感の内部爆発を起こしたように、全身に火の手が上がった。

「あぁあ」

思わず喘ぎ声を上げた。

この声を中川に聞かれてはまずいと、指を離した。

蛇口をひねってシャワーから放出される湯量を上げた。床を打つ音がけたたましくなる。これなら大丈夫だ。

美恵子は降りそそぐ湯の中にすっぽり身を入れた。滝に打たれているような状態だ。あらためて淫芽をくじる。クリームを擦り込むときのように、円を描きながら、女の尖りを潰していく。

「あひゃ、ふひゃっ、はんっ」

めくるめく快感が、クリトリスから背筋を昇って脳に駆け上がってきた。艶《なま》めかしい色に染まった肢体が、がくがくと痙攣《けいれん》した。

「いいっ」

酔った勢いでやる自慰は格別気持ちいい。秘孔から夥《おびただ》しい量の蜜液が溢れ出てきた。

「うん、はっ。美恵子のエッチぃ」

譫言《うわごと》を吐きながら、肉芽をなぶった。

当然、疼く秘孔も掻《か》きまわしたくなる。美恵子は、細い肉路に指を挿し込んだ。人差し指が圧迫される。くの字に曲げて、ぬるぬるの柔肉を掻いた。

「はうっ」

突然、顎が上がって、背筋がピンと張った。一気に極点がやって来ようとしている。まだ、まだ、まだっ。

美恵子は自制した。すぐに昇ってはもったいない気がした。指を肉層に挿し込んだまま、途中で止める。

自分は、欲深な性格だと思う。

肩で息をしていた。ハイスピードで注がれる湯の糸が乳首をも刺激していた。ふと見やると湯煙の中で、左右の乳首がぴんぴんに勃《た》っている。小豆色だ。

(なんてエッチな顔したおっぱいなんだろう)

右手を秘孔に挿入したままの体勢で、美恵子は左手で乳首を触った。左右交互に摘まむ。

同じ粘膜でも股間のぬるぬるした感覚とは違う。

「あんっ。はうっ、ううぅっ」

摘まむと強烈な刺激に包まれた。いまいる次元とは違う次元に吹き飛ばされたような感覚に陥《おちい》った。

美恵子はそのまましばらく乳首と秘孔の双方を刺激して、小さなクライマックスを何度も楽しんだ。もはや中川が何を歌っているのかも耳に入らない。

自分だけの世界だ。

いよいよ大きな波を迎えたくなった。

乳首、秘孔、肉芽の三点を一気に攻めたてたくなった。素早く手を動かす。

「んんぽっ。うはっ、まんちょっ、くっちょ」

意味不明の言葉を口走り、あちこちを捏《こ》ねたり、出し入れをしたりした。もっといっぱいあちこちを触りたい。

「あぁああんっ」

乳首を交互に摘まむ指により力を込める。

「くっ」

のけ反りそうになるまで、乳首を潰した。

もう一方の手は、洞穴を猛烈に抽送《ちゅうそう》した。指二本刺し。ピストルの銃身のような形にした指をハイスピードで出し入れする。

「いくっ、はうっ」

極点の炎が目の前まで迫ってきた。

美恵子はスクリーンカーテンに頭頂部をつけた。ここは集中すべきだ。無我の境地に突入した。

「はぁん、昇《い》くっ、くぅうううううう」

全身が快楽の火の手に包まれた。おまんこの底が一気に燃え上がる。

「あぁああああああああ」

美恵子はスクリーンカーテンに押し付けた頭を振った。クライマックスに向かって駆け上がる。

（えっ）

そのときだった。

スパーンとスクリーンカーテンが巻き上がった。忽然《こつぜん》と透明なガラス窓が現れた。

「いやぁあああああ」

叫んでも、乳首を摘まみ、秘孔に挿し込んだ指は離せない。あと一歩、あと少しなのだ。

（もう、いいっ、昇くのが先っ）

美恵子はガラス窓に濡れた頬を張り付けたまま、膣層《ちつ》にある指をくの字に曲げた。

「いくっ、はんっ」

果てた瞬間、向こう側から白い液が飛んできた。ガラス窓にびちゃっとくっつく。

位置的には美恵子の唇だった。

「中川さん、嘘っ」

「福岡こそ、なにしてんだよ」

ガラス窓の向こう側、仁王立ちで勃起をしごいていた中川が、射精と同時に見上げていたらしい天井から、ゆっくり視線を下ろし、あんぐりと口を開けた。

ちんぽを握った男と、まんこに指を入れた女が、ガラス窓越しに見合ってしまった。

神様は、何を望んでいるのか？

4

もはや紳士がなんたらとか、社内の関係がどうだとか、手出しはしないとか、そんな一切合切《いっさいがっさい》がどうでもよくなっていた。

なにせ、美恵子は中川が発射した瞬間を見たし、中川に、まんこを捏《こ》ねているところを見せてしまったのだ。

やる以外に、お互い口を封じる手はない。

「女がガラス一枚向こうで、シャワーを浴びている音を聞いて、発情しないわけがないよ。なんとかカラオケを歌って気を散らしていたんだけれど、勃起してしまったんだからしょうがない。これは、抜いておかないとやばいことになると、逆に焦った」

中川がクリトリスに舌を這わせながら弁解した。

「あぁん、もうどうでもいいです」

路上でパンツを見せたままでは事故だが、オナニーを見られては言い逃れできない。

「福岡も発情していたとはな」

「発情していました。なんか見られているような気がして、昂奮《こうふん》しちゃいました」

嘘をついた。

酔って発情したのだと言えば、非礼になると思い、美恵子はさも中川に欲情したという表情をして見せた。

満更《まんざら》でもなかったのは事実だ。

「俺たち、付き合っちゃおうか？」

中川が、股間から顔を離し、巨大な砲身を美恵子に向けながら、唐突にそう言った。

男はやるときによくそう言う。女は成り行きでベッドに入ってしまった場合、案外それを求めてはいない。

「私、何番目の位置になりますか？」

確認した。

イケメンの部類に入る独身の男だ。彼女がいないわけがない。

「一番じゃなきゃだめかな？」

ごく普通に、中川は聞いてきた。お茶目な顔だ。美恵子はこういう男の表情に弱い。

「セカンドぐらいなら我慢できそうですけど、三位以下になると、ちょっと」

「セカンドはＯＫ？」

中川が確認してきた。はっきりとは答えたくない問《とい》だ。

「うーん。でも、そこはいま決めなくてもいいんじゃないでしょうか」

美恵子はそう答えた。

中川とて、どうせ成り行き上、交際を申し込んできたのだ。こっちも関係を持ってしまった方が、あらぬ噂を立てられまいという打算が働いている。

とにかく『パンツ丸出し女』の噂を流されたくはない。

「だよな。とにかくやっちゃおうか」

中川はいかにもアバウトそうなキャラだった。楽天主義の自分には合う感じがする。

「はい」

美恵子はこの男と、やりたくてしょうがなくなり出していた。

女だってスケベなのだ。

「それぞれ、前戯したっていうことでいいかな」

「あれ、前戯っていうんでしょうか？　中川さん、発射してしまっていますよね」

「俺は、前戯で一回抜くことにしているんだ。そうすると、本番がじっくりできる」

中川は悪びれもせずに、そんなことを言った。広告会社の男は、アバウトなだけではなく、ああ言えばこう言うという応酬話法に長《た》けている。

「では、じっくりお願いします」

この際、美恵子も開き直ることにした。

瞳を閉じた瞬間に、中川の巨砲が侵入してきた。くわっ、と膣口が広がり、紅い通路をずいずい進んでくる。

「あぁあっ、はふっ、中川さん、おっきい」

「態度が、か？」

ここでギャグなど嚙ませないで欲しい。通路が緩《ゆる》み、肉芽が萎《な》えそうになる。

「寒いです」

ただし好感が持てた。はじめてなのに、何度もやっている相手のような気がしてくる。不思議な感覚だ。

「あぁあああ」

ポンプのプランジャーを押すように亀頭を押し下げてくる。美恵子も反射的にこの肉棒を締め付けた。蜜液が膣と肉根の隙間から溢れ出る。

「はぅううう」

極上の快感にのめり込みそうだ。

「福岡、オナの時、ヘリコプターフィンガーしなかったろ？」

この男は、何を聞いてくるのだ。

「はい、指ピストンだけで果ててしまいました」

正直に答える自分もどうかと思う。

「そっか、だからきついんだ」

「緩い方がいいんですか」

美恵子は片眉を吊り上げた。

「いやいや、福岡がきつくないかと思って」

多少の思いやりはあるらしい。

「大丈夫です。この圧迫感、いいです」

なんでもべらべら喋らされる。

「そっか。フィットしてよかった」

中川が尻を動かし出した。肉棒が膣壺の中で動き出す。

「ああ、凄くいい」

「俺、態度だけじゃなくて、ここも大きいから」

中川が突き上げ始めた。尻山を両手でしっかり抱き寄せ、その上でずぼっ、ずぼっ、と突き上げてくる。

「あぁあああああ」

アッパーカットのような突き上げだ。

「ううう、子宮がノックアウトされそう」

これまで付き合った男とはレベルの違う先鋭な感覚に、美恵子の気持ちは翻弄《ほんろう》され出した。

「福岡が、気絶するまで、突きまくってやる」

中川は額と胸板に大量の汗を浮かべながら、ピストンをしてきた。動きは早くなったり、遅くなったりする。その攻めが、じつに上手《うま》い。

「いやん、今夜は格別感じるっ」

のたうつ乳房ごと中川の胸板にこすりつけ、美恵子も小刻みに腰を打ち返した。ラブホテルという「それ専門の場所」が美恵子をより大胆にしていた。

「ううっ、福岡、凄い締まりだな。こんな圧迫、俺、初体験だ。出したばかりなのに、すぐ洩れそう」

男が行為中によく言うお世辞だとわかっていても、膣孔を褒められれば悪い気はしない。美恵子の気持ちはさらに上擦《うわず》った。

「出してもいいですから、朝まで何度もやってください」

「おぉっ」

中川が勇猛果敢に、美恵子の両脚を抱え込んできた。足首を肩のあたりまで押さえ込まれた。目の前に繋《つな》げた肉が見え、中川の黒い棍棒《こんぼう》が出没運動を繰り返している。

「ま、まん繰り返しなんて、私こそ初体験ですよっ。あぁあああ、深く入ってきたぁ」

異次元に飛んでいく自分を感じた。開かれた内腿を小刻みに震わせていた。気持ちよくて、気持ちよくて、本当に気絶してしまいそうだ。

まん繰り返しで、奥の奥まで突かれたあと、中川に女体を回転させられた。肉を繋げたままだ。横向きで突かれるというのも初めてだった。微妙な刺激が押し寄せくる。まん繰り返しほど、深い刺激ではないので逆に気持ちが焦らされる。

「あふぁ、はふっ」

鰓《えら》の向きが膣の天井に当たる。これはヤバイ。

「なんかもう、私死んじゃいそう」

「そう言って、死んだ女はいないから」

憎たらしいことを言う。

「あんっ」

さらに身体を半回転させられた。完全バック。

「はい、頭を下げて、お尻だけあげて」

中川がスポーツジムのトレーナーのような口調で言う。えらいエッチ臭いことを言っているのに、明るい。虜《とりこ》になりそうだ。

美恵子は、むっちりした尻山の中央を、バンバン貫かれることになった。

「あんっ、あふ、いくっ」

中川はバックから突きながら、伸ばした手で双乳を揉んでくる。膣壺を盛大に突かれているだけでも、おかしくなってしまいそうなのに、乳首への微妙な刺激を加えられたら、もうひとたまりもなかった。

「ぁあああぁあっ、いくっ、いくっ、死んじゃう」

美恵子は額をベッドマットに押しつけて、絶叫した。

じきに蕩《とろ》け切った粘膜がざわざわと蠢きだし、甘美な感覚が急速にたかまった。がくんとヒップを揺らした。

絶頂の炎が、ざっと総身を駆け抜けていく。

「いくぅううううう」

「俺も、出すぞっ」

背中で中川の声が上がり、ペニスを一際《ひときわ》激しく出し入れされた。ストレートパンチを連打されている感じだ。

「あうぅっ」

極点を見たばかりだというのに、さらに新たな扉を開けられて、見たこともない景色の場所へと、連れ去られる。

「な、中川さんっ、はうっ、またいくっ。こんなのはじめて」

気が遠くなり始めた。

昇天とはまさにこのことだ。

「福岡っ、すごい窄《すぼ》まり方だ。俺もこんなの初めてだよ。うわっ、おぉおおお」

肉棒の尖端から、白濁液が炸裂するのがわかった。美恵子はシーツを鷲摑《わしづか》みにした。

腕を小刻みに震わせながら、背中を弓なりに反らせる。もはや自分の身体をコントロールするのは不可能だった。

「はぁ、死ぬぅ」

膣壺に、どろどろと粘液が溢れかえった。美恵子は力尽きて、ベッドマットへ崩れ落ちた。ずるずると砲身が引き上がっていくのを感じながら、美恵子は幸福を感じていた。

エッチはいい。

5

「それはおかしいな。日東テレビから『夜更かしOL』の提供枠なんて、うちは受けていないぞ」

中川が腰にバスタオルを巻きつけながら怪訝《けげん》な顔をした。

美恵子が、酔って靖国通りを歩いていた事情を説明し終えたところだった。

「でも、本橋部長はその売り込みのために、私に危ない橋を渡らせようとしたのよ」

誰かにこれを言わなければ気が済まなかった。

おそらく本橋は明朝、何らかの対策を取るつもりでいることだろう。

料亭での会話を証明してくれる者は誰もいない。本橋が自分に都合の良い風に回答を用意してしまえば、それまでだった。

いまごろ北浦と口裏合わせをしているに違いない。

今夜のうちに伝える相手が出来て幸いだったと言える。

美恵子も乳房から下をタオルで隠していた。ベッドの端に座っていた。あれから三回やった。男と女は、やっただけ距離が縮まるものだ。

一晩に三回やったことで、美恵子は彼女気分になっていた。ついついため口になる。女はそんなものだ。セックスしたことによって相手を征服した気になるのは、なにも男ばかりではない。

「ひどい話だな。それにしても」

「それにしても？」

美恵子が聞き返した。

「日東の『夜更かしＯＬ』は雷通の買い切り枠なんだ。うちが動かせる枠じゃない。

ただ、日東も低視聴率なので、スポンサーの引きが弱くて困っているのが実情だ」

中川は、冷蔵庫から缶ビールを取り出した。プルトップを引いて気持ちよさそうに飲んでいる。

どこか遠くを見つめていた。

北急エージェンシーの中でメディア局はエリート部門だが、俗に「人質部門」とも呼ばれている。

大手クライアントや大物政治家、高級官僚の子女の多くが、ここに集められているからだ。

コネで入社させたこうした人材は、北急エージェンシーでは極力営業部に回さない。同業他社の情報が親元の企業に筒抜けになることを防ぐ意味合いと、将来親の仕事を継いだ場合、顧客に変わる。

営業部の実態はあまり見せたくないところでもある。

そうした経営者二世はメディア局で、テレビ局担当となることが多い。

テレビ局側もこうした人質を取っており、主に広告代理店担当にさせているからだ。育ちのよい者同士で、うまく仕事をはぐくんでくれということだ。いずれは、商工会議所や経団連の幹部へと進む連中だ。広告代理店やテレビ局にとっては留学生扱いなのである。

全国五十か所にビジネスホテルを展開するエンペラーイン・チェーンのジュニアである中川慎一郎もそんなひとりのはずだ。

「俺が探りを入れてみる。それまで空とぼけて本橋部長の様子を監視してくれないか？」

中川が、横に腰を下ろした。

「中川さんがそんなことして大丈夫ですか？」

「うん。なんか気になることがあるんだ」

そう言いながら、美恵子のタオルをめくり太腿を撫でだした。手のひらが次第に内側の奥に滑り込んでくる。

「おかわり？」

美恵子は聞いた。

「うん」

「わかった」

美恵子は、中川のタオルを外し、そそり立っている棍棒に顔を降ろした。

あと二回やりたい。

合計五回やれば、かなり濃厚な間柄になる。男と女はやった回数が重要だ。一番多くやっちゃった女がファーストだと思う。

「本橋部長が今夜の件でなんか言ってきたら、隠し録音しておいてくれないか。パワハラを告発する証拠を摑もう」

「それもわかりました」

美恵子はパワハラの告発よりも、ちゅばっ、ちゅばっ、と男根をしゃぶることに夢中になりだしていた。

朝方五時までセックスをし続けて、帰宅することにした。さすがに着替えなければならない。

濡れたスカートスーツはエアコンの暖房で乾燥していた。パンストとショーツはラブホの自販機で買った。

結局、中川に都合五回の射精をさせた。

明日から女房気取りになってもいい気がしてきた。

6

よく朝、出社すると、すぐに本橋の席に呼ばれた。

「昨夜はご苦労さん」

「いえ、ご馳走になりました」

本来は強く抗議をしたいところであったが、中川に惚《とぼ》けて監視するように言われたので、美恵子は、いつも通りの笑顔を浮かべた。

「福岡君には秘書課に異動してもらう。先週から人事と調整していてね。秋山副社長付きだそうだ」

「えっ？」

寝耳に水とはこのことだ。

「いつからですか？」

「来週早々に頼む。まぁこちらの仕事は、ほとんど仕分けだから、大塚《おおつか》君に引き継いで貰えばいいだろう。うちへの補充は二週間先になるが、秘書課は急いでいるそうだ。まぁそれまでは大塚君ひとりで頑張ってもらおう」

大塚めぐみは、二個下の同僚だ。同じような仕事をしていたので、引き継ぎに支障はない。二週間ばかり彼女の事務量は倍になるが、残業代が稼げると思えば、さほどの苦痛でもあるまい。

問題があるのは、美恵子の行く先での業務だ。

秘書課で事務を担当するのならわかる。だが、いまの話は副社長の秘書になれということだ。

副社長——秋山真人《あきやままさと》。六十歳。

小林《こばやし》社長の懐《ふところ》刀《がたな》と呼ばれている人物だ。

一般事務職と秘書では、その仕事のクォリティに天と地ほどの開きがある。しかも担当は副社長だという。

「副社長の秘書は私ひとりではありませんよね」

「統括は秘書課長だが、担当はひとりだろうよ。国会議員じゃないんだ。第二秘書とかはおらんよ。というか秘書課のことは、俺もよく知らない。いまから向こうに行って詳しいことを聞いてくれ」

本橋は、そう言うと人差し指を天井に向けた。営業本部は十階で役員室及び秘書課は十五階である。

「行ってきます」

美恵子は一礼して第一営業部を飛び出し、エレベーターホールに向かった。

上昇するエレベーターの中で頭を整理した。

（一体なぜ？）

あまりにも唐突過ぎる異動だ。しかし、昨夜、セクハラまがいの接待に応じなかったせいだとは考えにくい。

いかに部長といえども本橋ひとりで人事が断行できるとは思えない。

人事は通常ひと月以上前から、担当部門の要請を受けつつ人事部が調整して決める。

「！」

どうして自分が異動対象にされたのかはともかくとして、本橋は、この話を知っていたというわけだ。

知っていて昨夜の永治製菓の専務への接待に連れ出したということか。

（なぜだ？）

どうせ自分の部下ではなくなる人材だから、この際、北浦の餌食になっても問題ないと踏んだか。

（いいや、それでは本橋にリスクがありすぎる）

副社長の秘書になる女に、セクハラめいた接待をさせて、告げ口でもされたら困るのは本橋ではないか？

釈然としないまま、秘書課に着いてしまった。

秘書課長の黒川博之《くろかわひろゆき》に手招きされ、打ち合わせ用の小会議室に入る。

「なんで、私が？」

美恵子は直ちに聞いた。

「秋山副社長、直々《じきじき》の希望でね。数人いた候補者から福岡君ということになった」

「現在の秘書は？」

「畠《はたけ》山洋子《やまようこ》君だが、実家の都合で急に退職しなければならなくなった。家族の介護のためだそうだ。あっ、これはまだ公表されていないから内密に」

たぶん、こうした「内密」がやたら多い部門なのだろう。秘書課というぐらいだ。苦手だ。自分は、秘密を抱え込んでおけない性格だ。

「秘書課に適任者がいると思いますが。私、秘書検定も持っていませんよ」

「いや、副社長は、まったく新規の人材がいいと言っている。たぶん、他の役員を担当した秘書を横滑りさせたくないんだろうな。そういう重役は多い」

それは、わからないでもない。

漠然とだが重役と秘書の関係は、肉体的にも精神的にもなにもなくても、愛人関係に似ているような気がする。だから、よその愛人だった者に後釜になって欲しくないのだ。

「承知しました。よろしくお願いします」

人事には、法的な問題でもない限り逆らえないのが社員というものだ。週明けから秘書課に異動することで、新しいデスクの位置や前任者からの引き継ぎ日などを聞いて退出した。

（もっと深い裏情報が欲しい）

美恵子はエレベーターホールに向かいながら、人事部の一般事務職深山麻子《みやまあさこ》にメールした。同期入社の二十九歳。お乱れ会の主要メンバーのひとりだ。

昼休み、紀尾井町の北急ビルディングを出て、すぐ近くにあるサンドイッチカフェで待ち合わせた。八百円のオーガニックサンドイッチプレートをご馳走すると、麻子はあっけなくトップシークレットを漏らした。ＯＬネットワークは強い。

「小林社長が今年限りで引退するのよ」

「えっ、まだ二期目に入ったばかりじゃない」

北急グループでは通常社長は一期二年で三期まで都合六年と決まっている。現社長の小林久彦《ひさひこ》は二期目である三年目に入ったばかりのはずだ。六十二歳。あと三年やって、専務の木原誠二《きはらせいじ》が継ぐと言われている。

木原は現在五十六歳。

三年後に五十九歳で社長を引き継ぎ、六年間実権を握り六十五歳で引く。

これが、北急グループ各社の順当な世代交代と言われている。

ただし、社長の任期が三年の折り返し地点を過ぎると、俄《にわ》かにレイムダック化するのもまた北急の常である。

社員たちは、次期体制にしか興味を抱かなくなるのだ。

「社長、先月の人間ドックで胃癌が判明したらしいのよ。命に別条はないけれど、この際治療に専念するために退任するっていう噂もあるわ」

おそらく盗み聞きした情報だろう。たぶん正しい。

「後任は、木原専務？」

「それがね」

と麻子は声を潜めた。

「なになに」

美恵子は、サンドイッチを片手に前のめりになった。

「後任は、秋山副社長みたい」

「うそっ」

背中に冷たい汗が流れる。そうなれば自分は社長秘書だ。

「こういうことがなければ、秋山副社長は、小林社長と共に任期を全《まっと》うし、同時に引退するってことだったはずなんだけど」

「そうじゃないと？」

もうサンドイッチを齧っている余裕はなくなった。

「社長の任期半ばでの引退だから、副社長が繰り上がるのが人事的には正当なのよ」

よくはわからないが、そういうものらしい。

「秋山副社長は、中継ぎってことかしら？」

本来ならそうなる。

「それがね」

と、また麻子がさらに一段、声を潜めた。

美恵子は、テーブルの中央にまで顔を突き出すことになった。聞き耳を立てる。

「電鉄から、『なら秋山さんであらためて三期六年』という話が出ているみたい。それも正当性のある話なのよ。小林社長は事実上一期二年しかやっていないようなものだから」

麻子はしたり顔で言う。

「ということは？」

「木原さんに目がなくなるということ」

なるほど六年経ったら木原専務は六十一歳となる。

北急グループでは、社長に就任するのは六十歳までという不文律がある。

秋山副社長は、現在六十歳ジャスト。有資格者なのだ。

「これ、派閥の動きが激しくなるわよ」

麻子はサンドイッチをすべて平らげ「オーガニックジュースをもう一杯、頼んでもいい？」と聞いてきた。

三百円追加だが、麻子は要するに、まだネタを持っているということだ。

美恵子は即座に手を上げ、ウエイターに麻子の希望するジュースを告げた。

「木原派が、秋山副社長の醜聞《しゅうぶん》を探り出そうとしているのよ」

麻子の目が輝いた。『家政婦は見た』の主人公のような目だ。

「あんた、なんで先月の飲み会で教えてくれなかったのよ。私の人事のことも知っていたんじゃないの？」

美恵子はサンドイッチをプレートに戻し、サラダにフォークを走らせた。

「あの時点では、まだ小林社長の人間ドックの結果は出ていなかったのよ。これ急転直下で出てきた話。というか、まだ公表されていないからね。秘書についても極秘に人選していたみたいで、私が書類を見たのも今朝よ。マジだから」

麻子が嘘をついているとは思えない。

そこに、あらたなオーガニックジュースが届いた。アップル系だ。

麻子はゴクリと飲んで続けた。

「副社長は、常務以下の取締役たちを信用していないの。当然その秘書を横滑りさせれば情報漏れの危険性があるから使う気はないというわけ。この機に副社長の秘書である畠山さんも退職することになったのは何かわけがありそう。きっといろんな陰謀があるんだわ」

麻子は顔を顰《しか》めた。

「それで、一般事務職の私が抜擢されちゃったわけか」

美恵子はサラダを口に運んだ。ビネガーが効きすぎて、ちょっと酸っぱい。

麻子が続ける。

「副社長が自分で一般職の女子から選び出したみたい。たぶん、まっさらな人が良かったんだと思う」

「総合職の女性っていう発想はなかったのかしら」

ふつうならそっちから選ぶ。

「私の勘だけど、総合職の女子だと、それはそれで『自分で仕事を創出したいからこの会社に来たんです。言われた通りのことをする気はありません』みたいな面倒くさいことを言いそうじゃん」

頷ける話だ。

第一営業部は、かつては秋山副社長が部長を務めていた部門だが、現在の部長である本橋史郎は明らかな木原専務派である。

小林社長と秋山副社長は一心同体で、その引退タイミングが同じであると目《もく》されていることから、中間管理職たちの気持ちは、すでに次期社長体制へと傾斜している。

まだ十年以上も在職するサラリーマンなら当然の帰結であろう。自分たちの将来を握っているのは現体制でなくネクストキャビネットなのだ。

(部長は、何を企んでいる?)

もうじき午後一時だった。お互い社に戻らなければならない。

「麻子、いろいろありがとう。ねぇ、これからも助けてね」

「大丈夫。『お乱れ会』の結束は固いから、全力で美恵子をサポートする。総合職の女になんか負けないでっ」

「うんっ」

社に戻って、美恵子はすぐに中川慎一郎に【今夜会いたい】とメールした。文字にはしたくなかったので、麻子から聞いた内容は書かなかった。とにかく相談せねばと思った。

速攻返事が来た。

【今夜も五発！】

って。そういうつもりではなかったのだが、まんざらでもない。濃紺のスカートの下で、股の真ん中が、ずきゅんと疼いた。

中川から、九段下の老舗《しにせ》ホテルGのティーラウンジを指定された。

九段下のGとは渋い。なんとなくおっさん向けのホテルだ。

第二章　やる気満々

1

「どういうことですか？　四月の人事で私が第二営業部一課の課長になるはずだったのでは？」

ホテルの一室だった。

ダブルベッドの中央で、沢村絵里香《さわむらえりか》は、木原誠二の陰茎に涎《よだれ》を垂らしながら、片眉を吊り上げた。

「そう目くじらをたてるな。四月まではまだ時間がある。年内に決着をつけるさ」

木原にキャミソールの上から、ヒップを撫でられた。ねっとりした撫で方だ。

ゾクリとして、尻を踊らせた。バストの尖端がキャミを押し上げる。

「私、同期で一番乗りで課長になれなきゃ、いやですから」

そうでないと、この関係になった意味がない。

「わかっている、わかっている」

木原は、尻を撫で回していた手を次第に内側に進めてくる。股布の上を擽《くすぐ》ってくる。

今度は女の肉芽が起き上がってくる。

絵里香はまだパンティを着《つ》けていた。

年寄り好みのシルキーホワイトだ。三十三にもなると白の下着というのはカマトトぶっているようで、あまり身に着けたくないのだが、ここは演出効果を重視するしかない。五十代の男はやはり白い下着を好む。

年配者にも脱がせやすいように紐状のストリングスに結び目がついている。

納得のいく返事をもらえなければ、今夜はパンティを脱がずに帰るつもりだ。

「第一営業の一般職のＯＬが、いきなり副社長秘書に抜擢されたってどういうことかしら？」

絵里香は木原の肉棹《にくざお》の根元を人差し指と親指を回して押さえ、亀頭の裏側の三角地帯に舌を絡めた。ペロリとやると肉棹全体がブルブルと震えた。

「秋山のおっさんも、あぁ見えて、なかなかしたたかだ。他の取締役からの横滑りの秘書では信頼できないということだろう。まぁ、それは確かだ。ほぼ全役員に俺の息がかかっているからな」

木原の手がキャミソールの裾を跳ね上げた。絵里香の巨大なヒップが露《あら》わになる。

「秘書にも手を付けているんでしょう」

「まさか。そんなことをしたら逆にいつ脅されるかわからない。俺はそんなバカな真似をしないよ。運命共同体になれる相手としか、社内ではやらない」

木原の指がパンティストリングスの結び目を引こうとしている。絵里香は尻を引いて、届かないようにした。

代わりに、陰茎を深く咥《くわ》えてやる。

「んぐっ。そんなにしゃぶられたら出ちまうよ。もう年なんだ、何回も出来ないから、そろそろ入れさせてくれないか」

木原がしわがれた声を上げた。

「専務、危機感がなさすぎませんか。常務も平取締役の人たちも、みんな専務が次期社長ということで服従しているんですよ。秋山副社長が、あらためて長期政権を打ち立てることになれば、専務と常務はむしろ目がなくなると読んできます。そうすると平取締役たちは、いずれも秋山新社長の方を向いて仕事をしますわ」

絵里香が涎を垂らしながらしゃべった。赤銅《しやくどう》色の肉棹に垂れた涎が玉袋にまで伝ってしわしわの皮を輝かせていた。

「いや、秋山に長期政権など敷かせない。一宮の本橋をつかって、秋山を嵌《は》める手立ては、すでに立ててある」

木原がふたたび腰骨の位置にある紐に手を伸ばしてきた。

「待って。いまキャミを脱ぐわ」

絵里香はベッドの上で、バンザイをするような恰好をして、キャミソールを脱いだ。小玉スイカサイズとよく言われる双乳が現れる。

なんで、こんな中年男に尻を触られたぐらいで、恥ずかしいほど乳首が凝り固まってしまうのだろう。

女の身体は、自分ではコントロールできないほどに複雑に出来ている。それも男を知れば知るほど、条件反射を起こすから不思議だ。

「いつ見てもいい乳首だ」

勃起を天井に向けたままの木原がすっと腕を伸ばしてきた。

「あんっ」

右の乳首をキュッと摘まれた。総身に快感の電流が走る。くりくりと豆を転がすように乳首をいじられた。

「絵里香、ここは俺も勝負どころだ。裏工作は俺がやるが、絵里香もここで、ひとつ手柄をあげてくれ。社長が変わっても、昇格に有無を言わせない実績をつくれ」

言いながら、くりくり左右に転がし、時おりクィーンと引っ張る。

「ぁあぁ、専務、その触り方いやらしすぎます」

乳首がやたらと敏感になったのは、この専務に執拗にいじられるようになってからである。最初は痛くてしょうがなかったが、いまではブラジャーの下で軽く擦れただけでも、股間の粘膜が、じゅわっ、と濡れる。

「はうっ、あの手柄って、どういうのが効果的ですか」

快感に上半身をのたうたせながら聞いた。

「第二営業部内で、新たなクライアントを発掘するのがベストなのだが、それはかなり困難だ。ソフトでもかまわない。新たな大口クライアントを取ることだ。なぁに、一時的な取引でいいのさ。持続性はなくても致し方ない。昇格の要因にさえなればいい。秋山が失脚して俺が社長になれば、後のことは気にしなくていい」

「ソフトでもいいんですね」

絵里香は念を押した。

北急エージェンシーでは、営業部別に業種を分けている。第一営業部が、食品、ファッションメーカー、化粧品、流通、サービス業などのソフト産業。第二営業部が、北急百貨店や北急ストア、北急観光なども含まれる。第二営業部が、自動車、家電、工業、航空会社などの比較的重厚長大なハード産業。北急電鉄。北急建設などは第二営業の扱いだ。そして第三営業部が、銀行、保険会社、政党、官公庁。どちらかといえば公的な意味合いの強い会社の担当だ。

現在の小林社長は第三営業の出身。巨大企業群ながら、旧財閥系と異なり銀行と商社、保険会社を傘下に持ちえない北急グループとしては、この部門は重要だった。単に広告主としてのアプローチではなく、グループ全体としてのさまざまな働きかけがこの部門を通して行われてきたからだ。

小林は巧みにそれらの企業や団体を味方につけて、電鉄をはじめとするグループ各社の利益誘導を図ってきたとされている。

平取締役時代、北急の創業家出身であり、現在の電鉄会長の北山《きたやま》宗太郎《そうたろう》を商工会議所の会頭に押し上げたのも、小林の政財界工作があったためとされている。

それで小林は社長に昇り詰めたのだ。

副社長の秋山は、第一営業の出だった。もっとも大衆的な企業が揃っており、出稿量も多い。広告代理店としては花形部署と言える。

だが裏を返せば、雷通と広報堂との熾烈《しれつ》な競争が強いられる部署でもある。広告戦略で売り上げが大きく変わるからだ。

秋山は、第一営業部長時代、クリエイティブ力を駆使して飛躍的に売り上げを伸ばしたことで知られている。

クライアントの意を汲み、制作部に実に的確な指示を出し、多くのコウコク大賞を取り流行語を生み出してもいる。

広告界において、クリエイティブ戦略の北急と言わしめた人物だ。

現在の第一営業部長である本橋史郎は木原の子飼いではあったが、営業力ということではいまひとつ実績がない。

平時には使いやすい部下かもしれないが、闘う時には案外役に立たないのではないか。

野心家の絵里香にはそう思えた。

第一に手を突っ込めば、一気に部長までの道のりが見えてくるかも知れない。

絵里香は木原に乳首をいじらせながら、手扱《てこ》きをしてやった。

木原は第二の出身である。

ハニー電産と大東自動車の担当だったはずだ。

その部長時代、ハニー電産の小型液晶テレビを北急インの全室に導入させ、その交換条件として十年間の継続契約を取り付け、天下の雷通に一泡吹かせた伝説を持つ。次に大東自動車の新型バスを、北急バスに導入させて、今度は広報堂の扱いを引き抜いたことでも知られている。

社長や副社長、それに専務になるような人間は、サラリーマン人生の各ポイントで、伝説的な大手柄を立てているのである。

出世は運と実力がかみ合って初めて実現する。

言ってみればこの三人が課長や部長だった頃の北急は、業界三位の座をしっかりキープしていたのである。

絵里香は現在、航空会社を担当している。

大手二社は、雷通と広報堂がシェアしてしまっているので、北急はおもにＬＣＣと外国航空会社を扱っている。ひとつひとつの会社の出稿規模は小さいが、まとめると大手に匹敵する。

「わかりました。本橋部長では太刀打ちできなかったようなクライアントを獲得してみせます。専務、本当に短期キャンペーンでもいいんですね」

「もちろんだ。二月の閑散期にうまく二億規模のキャンペーンがとれれば、四月の昇格を提案しやすい」

「確約してくれますか？」

勝算がないわけではなかった。胸中にある男の顔を浮かんでいた。

「そこにハンコをついてやる」

木原が、新橋のおっさんでも言わないようなギャグを飛ばして、すっと指を伸ばしてきてクロッチの中心部を押した。

尖った女芽を直撃だった。丸わかりなほどに尖っていたことになる。キューンと快感が全身を放射状に駆け抜ける。

「あんっ」

絵里香は全身を震わせた。

「ここが正念場だ。勝たなければ、先がない」

木原はいつになく高揚しているように見える。裏を返せばいつもの自信に満ちた振る舞いとは違っていた。

「専務、今夜は私が上から」

絵里香は、木原の腰の上に跨った。初めて見せるガニ股のポーズだ。亀裂を開いて見せる。こんな恥ずかしいところを開陳しているのに不思議と燃えた。

「おぉお」

木原が目を大きく見開いて、くねくねと蠢く女の秘裂を凝視している。

「専務はいつもバックからだから、私は繋がっているところを見ていないのよ。入るところを自分で見たいから」

絵里香は、自分でも驚くほど淫らに笑った。

「いいぞ。好きなようにやってみろ」

木原が腰を動かした。

「待って、今夜は私が主導するの」

本音は、そこにあった。正確には「今夜は」ではなく「今夜から」だ。

絵里香にはすでに木原が上擦っているように見えた。順風満帆だっただけに突然変わった風の流れに動揺しているのがありありと見て取れた。

こんなときは娘ほどの歳の差があっても女の方が強い。

「絵里香、早く入れてくれ。少しの間、何もかも忘れて、おまえの身体に没頭したいんだ」

木原が懇願するような表情になった。

この男に今必要なことは、たぶんそれだと思う。

「入れます」

亀頭を花びらの下方にある秘孔に導き、ガニ股のまま尻をおろした。大きく開いた恥部に、五十五年物の男根が埋まっていく。

「あぁあ」

絵里香は、一際甲高《かんだか》い喘ぎ声を上げ、背筋を張った。

何度セックスをしても、この最初の挿入感がたまらない。特に亀頭部分が淫膣の入り口をこじ開ける瞬間は、得も言われぬ恍惚《こうこつ》感に包まれる。

特に今夜は自分のペースで入れているのがいい。木原はいつも、一気に滑り込ませてくるが、絵里香はひとまず、亀頭の感触だけを楽しんだ。

鰓《えら》の上の部分だけを包み込んで、膣口を収縮させる。唇でしゃぶる感じだ。

「ううう」

木原が快感に浸るように目を瞑《つむ》った。

絵里香は、挿入されずまだ膣の外側にいる肉胴に指を這わせた。人差し指と親指で輪をつくり、しごいた。これもフェラチオの時によくやる攻め方だ。指をせわしなく上下させる。膣と亀頭の隙間から粘液がこぼれ落ちてきた。棹が、ねちょ、ねちょ、になる。その液のおかげで、指が滑りやすくなった。

早い速度でしごきたてる。

「ふぅうう、もっと深く入れてくれ、もう出てしまいそうだ」

木原が顎を突き上げて言う。

「それは、だめっ」

絵里香は叫んだ。ロングヘアが乱れる。ここで淫爆《いんばく》されたのでは、自分の身体が治まらない。

「全挿入します」

高らかに宣言して、尻をゆっくり下げた。

ガニ股に開いた太腿の内側が、ぷるぷると震えてきた。

「あぁあああ」

すでに三年以上も馴染んだ肉茎が、柔肉を擦り上げて、突き上がってくる。

「くぅう」

木原が気持ちよさそうに、声を上げた。

「絵里香の粘膜がぴったりくっついて気持ちいい」

「専務のここの鰓、凄く張っていて、気持ちいいんです。これ他の男のでは、絶対味わえない」

「他の男とも、相変わらずやっているのか？」

木原が嫉妬深い視線を上げてきた。

「はい。ただし恋愛感情はありません。戦略的互恵関係を築くためのセックスです。男の方同士でお酒を酌み交わすのと同じですよ」

「同じじゃないだろう」

「同じようなものですよ」

「俺は嫉妬するがね」

「私も感じます。でも私が『奥様と別れて結婚してください』と駄々をこねたら聞き入れてくれますか？」

「おいおい」

男根を女の中に入れているくせに木原はうろたえた。

「でしょう。そんな女は、専務も願い下げでしょう。私は私なりに専務を愛しています」

女は身体を繋げているときでも平気で嘘がつける。いや、この時とばかり、驕慢《きょうまん》な態度に出られるのだ。

男は知らないのだ。男根を締め付けられているというのは、首を絞められているのと同じことなのだということを。

「私の嫉妬は仕事に向けられています。たぶん、同期の誰かが、先に課長になったら、嫉妬しまくります。特にメディア局の中川慎一郎にだけは負けたくないんです」

K大経済学部でも同級生だった男だ。中川はてっきり雷通に進むものと思っていたが、北急でまさかの同期になった。

中川は天才肌の男だ。家柄もいい。いわば貴族だ。

それに比べて、自分は猛烈に勉強してK大に入り、北急に入ってからも処世術を駆使して、ようやく営業ガールとして、第二営業部ナンバーワンの地位を築いたのだ。

負けたくない。

三十歳になったとき、中川と共に課長補佐に駒を進めた。総合職はだいたいここまでは年齢で昇格する。本当の勝負はこれからだ。

課長の適齢期は三十五、六歳。一年でも先にその座に就けばアドバンテージは上がる。

『同期で最初の課長』は、たいがい未来の取締役なのである。

しかも北急エージェンシーでは、まだ女性取締役が実現されていない。最高位が第一クリエイティブ局のデザイン室長、田中孝子《たなかたかこ》。四十五歳。室長は課長と同格であるが彼女の場合は専門職である。比較の対象ではない。

絵里香は、膣壺をキュッと窄めた。嫉妬をエネルギーに変えることこそ成功の元だと思っている。

「おぉおお」

木原が喘ぎ声を上げ、腰を打ち返してくる。

「他の男と寝ているのは、すべて専務に必要な情報を仕入れるためじゃないですかっ」

絵里香は、怒ったように尻を跳ね上げ、スパーン、スパーンと肉棹の出し入れをした。

何としても、この男を社長に昇り詰めさせなければならない。

「わかっている。絵里香は会社での女房のようなものだ。俺が社長になったら、任期は七十まで伸ばす。十年はやる。その間に、おまえを取締役まで引き上げてやる。だから、まずきっかけになる手柄を持ってこい」

木原も練達の企業人だけはある。少し自信を取り戻したようで、半身を起こしてきた。対面座位になる。

「あんっ」

木原の両手がヒップの裏側に添えられた。

「明日から、逆転工作だ。秋山を必ず陥《おとしい》れてやる」

木原がめちゃくちゃに突き上げてきた。ヒップを持ち上げられて、がっつん、がっつん、上下に振られた。

「あうぅうう。専務、今夜は私が主導権を取るって」

「アホ抜かせ、おまえの腰遣いは手ぬるいわい」

木原の眼の色が変わっていた。獲物を仕留めるときの虎の眼だ。絵里香はこの眼が好きだった。

「いやんっ、そんなに乱暴にしないで」

鰓の位置をさまざまな方向に変えて縦横無尽に攻めたてられた。膣層が熱狂した。本気にさせたら、セックスでもまだまだこの男にはかなわない。

「あぁああ、もっと、もっといっぱいしてちょうだいっ」

絵里香は野望と欲望に燃えながら尻を振り立てた。

2

「このホテルだめです。出ましょう」

ホテルのティーラウンジ。約束の八時にやって来た中川慎一郎が目の前に座るなり、美恵子は小声で言った。

「えっ、もう部屋を用意したんだけどな」

中川は背広のサイドポケットから、ほんの少しだけカードキーを覗かせた。

やはり当たり前のように部屋をとっていた。

出会ってすぐに五回もセックスすると、男の方も「自分の女」にした気分になるようだ。

エッチを拒む気はないが、このホテルはまずい。

「私、早めに到着してしまって、ずっとお茶していたんですが、六時半頃に木原専務がチェックインするのを見てしまいました」

このティーラウンジからは、真正面にあるフロントデスクが丸見えなのだ。中川が、こちらに背を向けて、手続きしていたのも見えていた。

「嘘」

「誰でも考えることは一緒だと思います。赤坂とか渋谷では誰に見られるかわからないから、会社とはあまり縁のない九段下を選んだでしょう」

あんたも同じでしょう、とは言わなかった。

「連れは？」

「十分ぐらい遅れて第二営業部の女性が、急ぎ足でエレベーターに乗っていきました。総合職の女性です。名前は……」

「沢村絵里香かよ」

「あっ、そうです。沢村さんです。いつもブランド物のスーツを着てるカッコイイ人ですよね」

「そう見えるかもしれないが、腹の中は真っ黒な女だ」

中川は断言した。

「沢村さんと、何かあったんですか？」

「大学時代に、告白されて断った。まさか就職先まで一緒になるとは思っていなかったけどな。あいついまでも逆恨みしてやがる。事あるごとに俺の仕事を邪魔してくる。先月も、バブル航空のキャンペーンスポットを『テレビ太平洋』にしやがった。そっちの方が効果的だとクライアントを説得してしまったのさ。どう見ても日東テレビの方が、効果があるのにさ」

中川は不機嫌そうな顔になった。

「告白、どうして断ったんですか？」

美恵子は聞いた。テレビスポットの選択よりも、そっちに興味があった。

「告白の意図を知っていたからだよ。あいつは俺の友人で、銀座の宝石屋の息子に先にアプローチをかけたんだよ。ところがものの見事に玉砕してさ。その腹いせに、俺と寝ようとしたのさ。そういうやつなんだ」

「上昇志向が強いんですね」

「あいつに関しては、そういう表現は似合わない。ブランド志向が強くて、目立ちたいだけの女」

中川は吐き捨てるように言った。

「とにかく、ここはまずいです。すぐに出ましょう。沢村さん、ハンドバッグしか持っていませんでした。だから、泊まらないと思います。いつ降りてくるか、わかりません」

女としての直感だ。

「それはやばいな。ではキャンセルしてこよう」

「それも諦めたほうがいいです。もう一時間三十分以上経っているんです。帰るとしたら、間もなくです。ロビーで鉢合わせは最悪です」

「あぁ、ついてねぇ」

中川は天井のシャンデリアを見上げた。

いかにも「やりたかったぁ」という顔だ。

こういう正直な男に美恵子は弱い。

「居酒屋とかで情報交換をして、それから成り行きで考えませんか。私は泊まる気です」

最後のワンフレーズに力を込めた。

コンビニで下着とパンストを買ってきている。

どうせ異動が決まったことだし、明日は半休にすればよい。午前中に家に帰り、昼過ぎに出社するつもりだ。

「じゃあ、神楽坂《かぐらざか》でも行ってみるか。日東の提供枠の裏も取れたし。まずはその話を教えよう」

「賛成。私、神楽坂って行ったことがないから、ちょっと楽しみ」

紀尾井町OLは、だいたい赤坂、青山、渋谷が拠点だ。少し違った環境で飲めるのは嬉しい。

ホテルGのティーラウンジを早々に出て、タクシーで、神楽坂に向かった。

中川は神楽坂にある老舗の鳥料理屋の名を告げた。

(いやんっ)

タクシーのシートに座ったとたん、スカートの中に中川の手が伸びてきた。パンストのザラザラとした感触を楽しむように太腿を撫で回している。

美恵子の身体の芯にすぐに火がついた。触られている場所は膝頭から太腿の外側だが、疼きが内腿から股の中心部へと伝わってくる。亀裂の奥がどろりとした粘液にまみれた。

「はうっ」

美恵子は中川の肩に顔を乗せ、耳もとに囁く。

「だめっ、声が漏れちゃう。運転手さんが、ルームミラーを覗いているわ」

ドライバーは白髪の男だった。

「平気だよ。十分とかからない。すぐに降りるさ」

中川の手のひらが内腿に回り込んできた。

美恵子は、必死で膝頭を寄せたが、なんなく開かれてしまった。平静ではいられなくなった。内腿を撫でられているだけだというのに、気持ちが俄かに、浮足立ってくる。

窓を流れる景色は、もうすっかり師走《しわす》の彩《いろど》りになっていた。気の早いレストランは外壁にクリスマスのデコレーションを施していたが、美恵子はそれを眺める余裕もなくしていた。

中川の指がついにセンターシームのちょうどアソコの上を押してくる。

「はうっ」

ぐしゅっ、という淫らな音をたてて、肉丘が左右に割れた。センターシームが尻の方まで割れ目に食い込んでくる。

「あっ、そこは、もっと後にしましょっ」

女のもっとも敏感な部分をプッシュされて、美恵子は飛び上がりそうになった。

「なんか、ここ凄く柔らかくないか？」

中川が眼を瞬かせながら、聞いてくる。

「知らないわよっ」

美恵子は、窓の方を向き、ピタリと脚を閉じた。中川の左手を挟む恰好になった。

密閉された股の間で、中川の手が小刻みに動く。

物凄く努力しているようだ。

どうして、男は、そこをそんなに触りたがるのだろう。

一瞬、センターシームを摘まんだかと思ったら、中川は、器用に指を動かし、パンストの中央を破った。

(嘘っ)

破った穴から、人差し指を侵入させてくる。

(待って、待って、待って)

心の中でそう叫ぶが、ドライバーの耳が気になって、美恵子は口を真一文字に結んだ。

中川の太い人差し指が、さらに大胆にパンティクロッチの縁から潜り込んできた。

(そんな、そんなっ)

ヌメヌメした粘膜の亀裂に指が割り込んでくる。中指も一緒だ。

くぱぁ。

(いやんっ。満開にしないでっ)

まさかタクシーの中で直接触られるとは思ってもいなかった。

美恵子は羞恥の極みに押しやられた。セックスをする気満々でやって来たとはいえ、この不意打ちには面食らう。

「運転手さん、今夜も冷えそうだね」

中川が正面を向いたまま戯言《ざれごと》を言っている。ポーカーフェースを決め込んでいる。指を徐々に秘孔に近づけているのに、そんなことを言っているのだ。

「冷えるでしょうねぇ。こんな夜にお客さん、うどんすきはいいですね」

「えぇ、温まらないと」

（くぅう）

そんな会話を聞きながら、美恵子は盛んに身をよじっていた。花びらを撫でられているが、その上下にある突起と秘孔が、むずむずしてきて、呼吸が乱れ始める。

タクシーが飯田橋の交差点を左折した。弾みでピタリと閉じていた両腿が離れる。

（うわぁあああ）

このタイミングに合わせて、中川が膣壺に指を挿し入れてきた。一気に最奥までだ。

不意打ちの連打に酔わされ、尻がわずかに浮き上がった。

（卑怯なっ）

あわてて中川の手首を摑み、動きを止めようとしたが、中川は、指を膣内に固定したままヘリコプターの羽根のようにグルングルンと回転させ始めた。

これは効く。シートの上で尻が踊りだす。

(あぁああっ)

肉層が拡張され。膣底からトロ蜜がとめどなく湧いてくる。背筋までガクガクと震わされる。

「はうぅうう、あっ、あふっ」

とうとう声を漏らしてしまった。車中に淫靡な吐息が漏れる。

「しっ。あと少しだ。声をこらえて」

中川は耳もとでそんなことを言う。けれども指の回転は止めてくれなかった。嘘だぁ。これよすぎる。

(いやっ。ぁああん、いっちゃうかも)

女の肉庭はもはや、べとべとになっていた。うどんすきを食べるとか、ビールを飲むとか、語り合うとかそんな状況ではない。

次の信号をタクシーは今度は右折した。神楽坂下だ。ふたたび両膝が離れる。

(嘘っ、あああああ)

もう一本侵入してきた。中指だ。二本の指を絡ませて、シュッシュッとピストンされた。昇《い》く前に、撒《ま》いてしまいそうな気配だ。それだけはまずい。抵抗ではもはや無理だ。反抗するしかない。

「中川さん、自由過ぎますっ」

中川の耳を噛むようにして言い。美恵子は、対抗策として自分も右腕を伸ばした。中川のズボンのファスナーを下げて中に手を挿し込んでやる。

すぐに逸物が充分漲《みなぎ》っているのがわかった。トランクスの前穴から手を突っ込み、棹をむんずと握った。

「これ、出しますよ」

「おいっ、それはやめろっ」

ようやく、中川は指のピストンを止めた。ゆっくり引き抜く。指から湯気が上がっているように見えた。

(はぁああ)

美恵子は大きなため息をついた。身体の中心から芯棒を抜かれ、一気に脱力していく自分がわかった。中川のズボンからも手を引き抜いた。まだ剛直の感触が手のひらに残っていた。あれが数時間後に、自分を貫くのだと思うと、指の抜けた膣壺がキュンとなった。

「そこでいいですね」

ドライバーが言った。神楽坂通りのほぼ中腹にある店の前だった。

「ありがとう」

中川は、胸ポケットから財布を抜き出し、千円札を二枚抜いた。濡れた指で抜き出したので、野口英世の鼻のあたりに白い粘液が付着してしまっている。

細菌学者の顔にまん汁。検査してくれそうな感じだ。

運転手は、何も気が付かずに受け取った。女の蜜液は速乾性がある。男汁と違って黄ばみもしない。問題ない。

3

「やはり、日東テレビの『夜更かしＯＬ』は空手形だったよ」

中川が熱燗を手酌《てじゃく》でやりながら、切り出してきた。

鳥料理屋の個室。

ふたりは四人掛けのテーブル席に差し向かいで座っていた。

「空手形？」

美恵子は、会席料理のひとつであるお造りを赤ワインと共に楽しんでいた。うどんすき会席だ。

「昨日、福岡からその話を聞いたときから、おかしいと思ったんだよ。日東テレビの担当である俺が、提供枠にセールスなんか受けていないんだからさ」

中川はそこで言葉を区切った。猪口をグイッと呷《あお》る。銚子を傾けながら続けた。

「だから、今日、直接日東に出向いて聞いてきたのさ。案の定、担当者は『夜更かしOL』は雷通の買い切りのままだと明言した。まだ次の提供スポンサーは決まっていないが、雷通がやすやすと手放すと思えないな」

中川の話では、仮にこの提供枠を買うクライアントが一年ぐらいいなくても、雷通は自社の顧客の中から適当な企業を選んで、無償提供してしまうのだそうだ。

「雷通は腹の大きさが違う。買い切った以上は、局が番組を打ち切りしない限り、一定期間はきちんとサポートする。たとえ持ち出しになってもな。だから局も、雷通の顔色を見て仕事をしているのさ」

中川は、コールボタンを押した。すぐに仲居がやって来る。熱燗をもう一本と、そろそろ鍋の準備をと頼んだ。

「でも、なんで本橋部長は、そんな架空の提供枠を売ろうとしたのでしょう？」

「はっきりわからないが、単に福岡を永治製菓の北浦専務に差し出す口実だったのではないかと思う。もしそうだったとしたら、最低野郎だがな」

中川の眼が鋭く光った。

先に銚子が一本やって来た。

「永治製菓の北浦専務に私を差し出すメリットは、扱い高を上げたいだけですか？」

グラスの赤ワインを飲み干しながら訊いた。

「それだけのために、自社のＯＬを売ろうとするかなぁ」

「私もそこがひっかかるの」

いくら何でも、いまどき自社のＯＬを貢ぎ物にするなんてありえない。いくら用意周到に美恵子の自己責任の形を取ったにしても、本橋としてはリスクが大きすぎる気がするのだ。

美恵子は、赤ワインのボトルを引き寄せた。会話の腰を折らないように、今夜は双方手酌にしている。

会議をしているようでもあり、長年連れ添ってきた夫婦のようでもある。美恵子は後者の気分に浸っていた。

「たとえ私が北浦専務の女になったとしても、会社の都合で動くとは限らないでしょう。逆に北急の情報を永治製菓へ流すことだって考えられないかしら」

ＯＬなんてそんなものだ。会社への忠誠心《ロイヤリティ》は、上司が期待しているよりはるかに低い。

「だよなぁ。うちでＯＬなんかしているよりも、永治製菓の専務の愛人の方が、権力あるもんなぁ」

「その気はありませんよ。あくまでもたとえ話です」

そこだけはきっぱり言った。広告代理店の人間は要注意なのだ。クライアントにメリットがあることなら、なんでもする。愛人になることを承諾するＯＬがいると知ったら、絶対に自分の仕事に利用しようとするはずだ。

それは目の前の中川慎一郎とて、同じかもしれない。

「福岡にその気があったら困るよ。自分の女にそんなことを言われたらたまらない。北急の課長補佐じゃ、たかが知れているけどな」

中川が照れ臭そうに笑った。いま自分の女と言った。間違いない。確かにそう言った。美恵子は、ポッ、と顔が赤くなるのがわかった。

「俺、本橋の動機、もう少し調べてみるよ。木原専務絡みなのはわかっているが、なんかとんでもない陰謀が隠されているような気がする」

そこへこの店名物のうどんすきがやって来た。

コンロと土鍋が置かれ、テーブルいっぱいに料理の皿が広がる。

美恵子は女房気取りで、鍋に鶏肉から入れた。

「秋山副社長には挨拶はしたのか？」

「まだ。明日、現在の秘書の畠山さんからオリエンテーションを受けることになっているの。大ベテランよね」

「秘書課の畠山洋子か。秘書歴二十年。四十四歳ぐらいだよな。独身で仕事はバリバリ出来る感じだけど嫌味なところがまったくない。逆に隙がなくて怖いタイプだよ」

「このタイミングに辞めなくてもいいでしょうにね。どうせなら社長秘書を全うしてから辞めるべきだわ」

美恵子にとっては、副社長秘書の退職も災難の元凶のひとつである。

鍋が沸いた。美恵子はうどんを入れた。

「ひょっとしたら、ご家族の介護というのは名目で、海外留学したいとか、外資系企業から引き抜きの話があるとか、そういう事情が裏にあるんじゃないかな」

「それ、あり得るかもしれない」

会社を急に辞めるときは、たいがい表向きの理由と異なる場合が多い。

「明日、引き継ぎながら、様子を窺ってくれ。福岡が危ない目にあったことの伏線がどこかにあるかもしれない」

「わかったわ」

しばらく、料理に没頭した。さすが名店、美味しかった。

デザートのわらび餅が出てきたところで、中川がいきなり言い出した。

「一番なら付き合ってくれるんだよな」

「えっ？」

まさかの再確認だった。

「俺、挿入している最中の勢いだけで、告《コク》ったわけじゃないから」

「それ、マジ？」

すでに高鳴っていた胸が、張り裂ける寸前まで上昇する。息が詰まりそうだ。

「マジじゃ、だめか」

じっと見つめられた。月曜九時の恋愛ドラマのラストシーンを見ているような気分になった。

「どうして私を？」

「スケベだった」

中川がまっすぐな視線でそう言った。恋愛ドラマにはないセリフだ。そのぶん妙にリアルに感じた。

「靖国通りで見た瞬間から、福岡はスケベな女だと思った」

スケベを連呼されて、身体が火照る。

「そこだけの理由ですか？」

女としては当然不満だ。だが中川は顔の前で手を振ってみせた。

「付き合う理由は一点あればいいんじゃない？　広告の訴求と同じだ。あれこれいろいろといいところを見つけるよりも、絶対凄い特徴がひとつあればいいんだ。それが最大の長所となる」

確かに『一点突破』は広告の常套手段である。しかし。

「私の長所、スケベで決定ですか？」

他にアピールすべき点はないかと、美恵子はあれこれ考えた。

「それが、最大最高の特徴だ。俺もスケベだと自覚している」

中川は自分をスケベと認めた。

「たしかに、そうだと思います」

中川と男女の関係になって丸一日しか経っていないが、この男の印象もスケベであるということしかない。

中川が語気を強めた。

「スケベな脳が成功を生むんだ」

まるで自己啓発本のタイトルのような言葉に圧倒された。

「エッチであんなことしたい、こんなことをしたいと考える脳が、ひいては仕事の工夫に繋がる」

こんなことを言う男は初めて見た。

「俺は、これを『スケベ脳』と呼んでいる。どんな難題にぶつかってもスケベ脳を駆使して考えれば、解決できる道が見えてくるんだ」

あまりの自信たっぷりな言いように、美恵子はなんとなく納得させられた。あくまでもなんとなくだが、信じる気分にさせられてしまった。優柔不断な人間ほど、自信過剰というストレートパンチに弱い。

催眠商法にでもひっかかったような感じだ。

中川が続けた。

「相談し合っていないのに、同時タイミングでオナニーをしているって、奇跡の出会いだと思わないか？」

たしかにその通りだ。

「しかも、クライマックスのタイミングが一緒だったですね」

美恵子は上擦った声で答えた。夕べのエロシーンが頭のスクリーンに鮮やかに映し出される。

「だろっ」

そう言って、突然、中川はテーブルの下に身体を入れた。テーブルは白いクロスに脚ごと覆われていた。

「どうしたんですか？」

美恵子は、中川が箸《はし》でも落としたのかと思った。

「脚を開いて、見せてくれ」

「なんですって？」

「さっき、タクシーの中で破ったパンストの穴を見たい」

「いやです」

とんでもないことを言い出す男だ。

「見せたくないのか？」

「普通見せたくないと思います」

美恵子は抵抗した。当たり前だ。ここで、ガバリと股を開く女はいない。

「普通を捨てよう」

中川が訳のわからないことを言う。

「スケベになっちゃえよ」

「なるにはなっていますが、ホテルとか、そういうところで開きたいと」

それが女の嗜《たしな》みというものだ。

「いや、俺はここで見たい。わくわくするんだ」

中川の顔は、テーブルの下に隠れてしまっているので見えない。だがその声は少年のように明るく、美恵子の股間に向けた瞳は爛々《らんらん》と輝いているように思えた。

見せてもいいと思った。

というより、どうしたわけか見せたくなった。

昨夜は、酔って北浦の貪婪《どんらん》な眼に晒され、不快な思いをしたが、いまは見られることに快感を得始めている。

「パンストの破れ目、かなり大きくなっていますが」

自然伝線で広がったのだ。いじったわけではない。

「その状態をつぶさに見たい」

「中川さん、ちょっと変態ぽくないですか？」

「いや、普通の感情だ。多くの人間が口にしないだけだ。誰でも破れたパンストの奥をこっそり覗いてみたいはずだ。変態じゃない。それがノーマルだ」

執念が感じられた。それに納得もした。

「開きます」

美恵子はほんのわずかに膝頭を開いた。内腿が震えるのがわかった。脳に羞恥の火の手が駆け上がる。中川は見ていないが頬は真っ赤だ。耳朶《みみたぶ》まで朱に染まっている。

「もっと大きく拡げて。それぐらいじゃ、ぜんぜん見えない」

中川の声がかかる。吐く息が膝頭の間を抜けて、股間の三角地帯に当たった。ちょうどそこだけ五百円玉ぐらいの穴が開いているので、直接パンティクロッチが刺激された。妙な気分だ。

「あんっ」

思わず喘ぎ声を上げる。

「もっと、がばっ、と開いて」

中川がテーブルの下にすっぽり隠れてしまった。尻が見えない。暗がりで美恵子の膝頭の間に顔を向けているようだ。

美恵子は異常に興奮してきた。

それほど見たいなら、思いのまま見せてやってもいいような気がした。

「どうぞ、見てください」

美恵子はタイトスカートの裾が破れるほどに腿を開いた。

「うーん。もっとだ。スカートの裾をもっと捲《めく》って」

中川が、はぁはぁと荒い息を吐きながら言っている。この男には遠慮というものがないらしい。

もう、破れかぶれな気持ちになった。美恵子は下半身をテーブルクロスに隠し、スカートの裾を腰骨の辺りまでたくし上げた。黒のパンストだけの両脚が剥き出しになる。

「なんか、エッチの時より恥ずかしい」

盛大に開いた。男の逸物に貫かれたときと同じような衝撃をうけた。

「うぉお、スケベ臭っ」

テーブルの下で、中川が唸る。パンストの穴の開いた部分から、思い切り発情臭が溢れ出ているに違いない。美恵子は、相手が見えない前方を向いたまま両手で顔を押さえた。死ぬほど恥ずかしい。

「もうちょい、のけ反ってくれないか。両膝を少し浮かし気味にしてほしい」

「はい？」

このうえ、なにをしたいというのだ。

「穴の開いた部分が真下を向いているんだよな。まん面《めん》を向けてくれないと、見えない」

「ま・ん・め・ん？」

聞き直して、美恵子はさらに赤面した。まん面とは初めて聞いた。

そりゃそうだ。椅子に座っているとき、女のまん面は真下を向いている。船底のようなものだから当然だ。

「そこを上に向けたら私、転覆しちゃいますけど」

椅子に肘掛けはないのだ。

「脚を持ち上げて踵を椅子の端に置けばいいだろう」

中川が淡々と言う。

(そ、それは、M字開脚になるってことだ)

「むりっ」

さすがにまだそこまでは出来ない。でも中川のためにやるべきか。葛藤した。

「福岡、心の壁、越えちゃおうよ」

中川は普通の調子で言っている。

この男は、常に何かを飛び越えて、生きてきたのだろう。それが競争社会で勝ち上がってきた秘訣のように思えた。

しかし、美恵子のほうはなんとも極限状態に追い込まれた気分だ。

唇を真一文字に結んで、美恵子は足首を上げた。ローファーを履いたまま踵を椅子の端に置く。

「まん面、これでいいですか？」

クロスに覆われたテーブルの下とはいえ、船底形の女のまん面を、きちんと男の眼前に晒すのは、羞恥の極北に追いやられた気分だ。

穴の開いた黒パンストから見える白のパンティクロッチは、さぞかしいやらしく見えることだろう。

「ちょん、ちょん、していいか？」

中川がお茶目な声を上げた。

ちょんちょんでも、ぐりぐりでも、もうなんでも良かったのだが、美恵子は返答しなかった。好きにして欲しい。

「じゃぁ……」

中川は、黒パンストに開いた穴を左右上下にびりびりと破った。穴が拡大されていく。

「えぇぇぇえっ」

あわてて口を押えると、一気にクロッチを脇に寄せられた。紅い粘膜の亀裂が露わになった
「はうぅ」

軽いパニックを起こし。思考が停止した。自分に起こっていることを理解したくない。

濡れた秘貝に中川の指が添えられる。

大陰唇をくぱぁ〜と開かされた。

「外側も開くと、中の花びらも一緒に開くんだな。二重扉が連動して開くって感じ」

どうでもよすぎて答える気にならなかった。代わりにとろ蜜を垂らす。

「紫色の花が咲き乱れているって感じ」

中川はじっくり見ている気配だった。

「解説しないでください」

「指、挿入してもいい？」

「いちいち答えを求めないで」

入れて欲しいと言わせたいのはわかっている。そうそう中川のペースに乗るものか。

「じゃぁ、入れない。こっちを虐《いじ》めてやる」

「あんっ」

あろうことか中川は、クリトリスを親指でグリグリしてきた。拇印を押す感じだ。

かーっと絶頂感が駆けのぼってきた。これは禁じ手だ。卑怯の極みではないか。

「だめだめだめ、いっちゃうってばっ」

美恵子は天井を仰ぎ見た。開いた股底の腫れあがった部分から、ジンジンと快感が押し寄せてくる。

イクっ、と身震いした瞬間だった。

個室の扉が開いた。

ふっくらとした顔立ちの仲居が顔を出した。

驚いて椅子の縁から、踵を下ろす。股を開いたままクロスの下にいる中川の肩に乗せる恰好になった。炬燵《こたつ》の中で開脚している気分。一瞬、中川の指も止まった。

「コーヒーとかもお持ちできますが」

仲居が語りかけてきた。美恵子は絶頂感が宙に浮いたままの恰好になった。これはこれで辛い。オシッコを寸前で止めたようなしんどさだ。

「あっ、はいっ、コーヒーいただきます」

美恵子はあわてて答えた。

そんな折、ここぞとばかりに、中川が、秘孔に指を挿しこんできた。ぐちゅぐちゅ、と抽送される。あひょ、ふひょ、ふはっ。胸底でのたうちまわる。

ピストル型にした二本指。たぶん、人差し指と中指。この挿しこみ方だと親指もクリを押せる。心臓と肉層がいっぺんに踊り出した。

身も世なくこの場に崩れ落ちそうになるのを、美恵子は両腿に力を込めて踏ん張った。

尻の裏まで快感が突き抜けていくが、声には出せない。美恵子は目を瞬かせた。

「あれ、お連れさんは？」

仲居が首を傾げる。

中川が、凄い速さで指を出し入れする。気が遠くなりそうになった。

「は、はいっ、電話をしに出ました。コ、コーヒーふたつでお願います」

それだけ言うのが精一杯だった。

「わかりました。すぐにお持ちします」

仲居が扉を締めた。

「あぁ、イキたいっ」

美恵子は甘ったるい声を出して、腰を打ち返した。

深い快感がぐっとくる。

とたんに中川の指が抜けた。子宮が盛り上がり、膣壺がキューッと締まった瞬間を抜かれた。なんて男だ。

美恵子はとてつもない喪失感に襲われた。失禁したまま夜空の彼方へ放り投げられた気分だ。

「あぁああぁ、こんなの、もういやぁ」

泣きじゃくりそうになったところで、中川がクロスを捲り、テーブルの下から飛び上がってきた。

「いいことを思いついたっ」

呆然としていると中川に手を引かれ、捲れたままのスカートでヨロヨロと立ち上がらされた。

「こ、今度は何をするんですかっ」

淫気が身体中に回って、膝がガクガクしている。パンストの中央部にソフトボールぐらいの穴が開き、パンティクロッチは右に寄り切っていた。丸出しの紅色粘膜から湯気が上がっているように見えた。

美恵子はクロッチの位置を戻そうとした。

「そのまま、そのまま出しといて」

中川がファスナーを下ろして、肉弾頭を取り出した。

「ま、まもなく、コーヒー来るんですよっ」

美恵子は、涙目になって訴えた。この男、破廉恥《はれんち》にも上限があることを知らない。

「扉に手を突いて、お尻を突き出して」

中川が、尖端がすでに光り輝いている肉弾頭を、美恵子に向けながら目配せしてきた。黒い扉だ。鍵はない。

「こっち側から押さえていれば平気さ」

扉は確かに、こちら側に向かって押し開くタイプのものだ。

「いやいや、それリスク高すぎですってばっ」

「リスクがあるから仕事もセックスも面白い。ノーリスクノーピークだ」

むりやり身体を後ろ向きにされスカートを背中の上まで捲られた。

「はい、腕を伸ばしてぇ、扉に手を突いてっ。パンツは下ろさなくて平気っ」

「あんっ、まって、まって、まって」

声に出して言ったが、あっという間に、亀頭を挿しこまれてしまった。一気に全長挿入だった。

「あーん」

美恵子は扉に向かって喘ぎ声を上げた。叫ばないと淫気が蜜壺に溜まって、パンクしてしまいそうなほどの快感が押し寄せてきている。

「あまり大きな声を出すと、聞かれちゃうぞ。声は我慢して」

それが中川の狙いであろうと、すでに見当はついていたが、挿し込まれてしまっては、もはや思う壺だ。

「あふっ、んんんんんっ」

美恵子は、口を噤《つぐ》んだ。堪えれば堪えるほど、淫層の壁が縮んでくる。圧迫が二乗になった。

「興奮すると、締まるね」

などと囁きながら、中川は怒濤《どとう》のように連打してきた。美恵子は、こみ上げてくる絶頂感と激しく戦わずにはいられなかった。

「うぅぅううう」

部屋中に発情の匂いをまき散らしながら、尻を振り立てていると、突如目の前の扉が押されるのがわかった。

「お客様、コーヒーです」

（うわぁ〜）

美恵子は飛沫《しぶき》をしぶかせそうになった。それが粘液なのか、潮《しお》なのか、それとも尿なのかさっぱりわからなかったが、とにかく仰天して、股間から何かをぶちまけたくなっていた。

「女性がちょっと下着を直しています。少しお待ちを。ぼくが背中を向けて扉を押さえているんです」

中川が答えた。

「わかりました。冷めるといけないので、淹《い》れ直してきますね」

仲居が陽気な調子で返してきた。去っていく足音を聞いた。

この男、まさに口八丁手八丁だ。

「俺、もう爆発寸前。急いで出すから、福岡は声を出しちゃだめだ」

最低なことを言っているが、中川に言われると許してしまいたくなる。

「は、早く、出して。いっぱい出していいですよ」

美恵子は尻を振り立てた。鋭く張り出した鰓に抉《えぐ》られて、一気に頂点へと導かれる。歓喜に濡れまくる秘肉をどうすることもできない。尻を差し出したまま、大きく拡げた両脚の内腿を震わせたまま、美恵子は頭頂部からのけ反った。

「出るっ」

熱波が膣奥に放たれた。水鉄砲で撃つように、じゅっ、じゅっ、と数波に分かれて飛んできた。

「あぁああ、いいっ」

これが最後の引き金になった。額に響くような鋭い刺激が、淫壺の奥から這い上がってきた。

「私も昇《い》くっ」

髪を振り乱し、片手で口を押さえたまま、美恵子は昇り詰めた。かつて経験をしたことのないところまで打ち上がっていく自分を感じた。

「ふぅうう」

中川がぬるりと男根を引き抜いた。すぐにズボンの奥へとしまい込む。美恵子がスカートの裾を引き下ろしながら、よろよろと椅子に戻ると、中川はすぐに扉を開けた。

「仲居さーん、コーヒー」

この陽気さには、かなわない。

すぐに振り返って、中川も席に着く。

「飲んだら、早くホテルにいこう。俺、やりたくて、やりたくてたまらない」

このタフさには、呆れるしかない。

「コーヒー、どうでもいいよ。早くホテルへ連れて行って」

美恵子は、もうこの男ととことんやろうと思った。中川になら、どんなことをされてもいい。ファーストだの、セカンドだの、そんなの、もうどうでもいい。

二十九歳という女盛りのこの身体の火照りを、中川慎一郎という男の記憶に永遠に残したいと、ただそれだけを思った。

中川はスマホをタップして、ホテル探しをしているようだ。

「ねぇ、ラブホでいいよ。これからいっぱい行くことになるんだから、シティホテルなんてもったいないよ」

「なら、湯島ってどうだ。出来るだけ赤坂や新宿から離れたところがいいから」

「賛成。そこらへんも、私の知らないところだし」

美恵子はコーヒーを待たずに立ち上がった。中川もすぐに応じてくれた。

4

三日後。

沢村絵里香は、銀座八丁目の喫茶店で、雷通の営業部の上津原忠義《うえつはらただよし》と会っていた。午後二時だった。

同い歳だ。

出身大学は異なるが、学生時代、よく六本木の同じクラブで遊んでいた仲だった。十年前はイケイケ系で「ナンパ師」を自称していた上津原も、すでに妻帯者であり、すっかり落ち着いた雰囲気を醸《かも》し出すようになっていた。

上津原とは身体の関係こそなかったが、かなり際どい体験を共有していた。その秘密保持のために、お互いライバル会社の立場を乗り越えて、ときどきに連携している。

「太陽ビールのキャンペーンは渡せないよ。そんなことしたら、俺が上からどやされる。ビーナスエアラインとの交換じゃ釣り合わないよ」

上津原は足元を見てきた。

たしかにナショナルブランドの太陽ビールとＬＣＣのビーナスエアラインとは釣り

合いが取れまい。

だが、こちらは手持ちで渡せるカードがそれしかない。

お互い、売り上げを立てるために、ときどきスワップをしているのだ。

広告業界では、八十年代ぐらいまでは、業種ごとの専任性が常識であった。T自動車は雷通で、N自動車は広報堂。H自動車が北急エージェンシーという具合だ。これは、新製品の企業秘密を漏らさないがための方法だった。

だが、現在では、主力代理店《メインエージェンシー》を置きながらも、複数の代理店と取引を行うというのが当たり前になっている。

とりわけクリエイティブにおいては、ときおりコンペティションを行う。広告の新鮮度を求めるためだ。

新製品ではない定番商品の拡販用のキャンペーンでコンペを用いる企業が多い。とはいえ、日頃から取引をしているメインが圧倒的に強い。持っている情報量が違うからだ。

まずはコンペを求めている社の情報が欲しい。

「どこなら回してくれるの？」

絵里香は脚を組み直した。白のフレアスカートを穿いてきている。組み替える際に上にする方の脚をあえて高く掲げた。

意図的なパンチラである。白の狭いクロッチのパンティが見えたはずだ。両腿には赤いガータを着けている。

上津原の眼が「おぉっ」と唸ったように見えた。

この男がそういう下着が好きなのは知っている。パンティが黒ではダメなのである。あくまでも白いパンティに赤いガータ。ロリで娼婦ぽい女が上津原好みだ。それは大学時代から変わっていない。

「ねぇ、五億ぐらいのキャンペーンが欲しいのよ」

「玉忠《たまちゅう》製薬の漫湖飴《まんこあめ》ってどぉ」

上津原がようやくタブレットを開いた。タマチュウとマンコだけが、頭にのめり込んでくるが、漫湖飴は江戸時代から続く伝統的な、のど飴だ。

当時は日本橋にあった玉忠屋という薬問屋が、舐めれば、喉が湖のように潤うとして売り出し、爆発的なヒットとなった飴だ。主人玉沢忠太郎《たまざわちゅうたろう》が、吉原遊女に無料配布して、その名を広めさせたという。現在で言うマネタイズの先駆者のような販売促進だ。

「二月にバレンタインキャンペーンをやるってさ」

「バレンタインにのど飴？」

「そう。咳の対策だけじゃなく、菓子としての要素を入れた製品を期間限定で投入するそうだ」

これは凄い情報だ。

「チョコレート味ののど飴ってことね」

「他にないだろう。バレンタインなんだから」

「それ、回してくれる」

「情報は出せる。ただしあくまでもコンペだ」

「二月のそのキャンペーンをいただけたら、七月のビーナスエアラインの短期集中キャンペーンを渡すわ」

「どうせ媒体費は二億以内だろう。漫湖飴は五億の扱いはでる」

上津原としては、来年七月のスポット売り上げを、裏取引で確保したいものの、物足りなさそうである。

「ビーナスエアライン、丸ごとあげるわよ。うちは、手を引く。広報堂よりいい条件でそっちが引き継げる形を私が作る。それでどぉ？　ＬＣＣなら専任になってる大日本航空とバッティングしないでしょ」

「ほんとかよ」

絵里香は頷いた。嘘ではない。その方法は取れる。ただし、絵里香しか知らない機密がある。ビーナスエアラインは、二年後をめどに業界第二位の首都航空に買収される予定だ。そうなれば、メインエージェントは広報堂ということになる。

どのみち北急が扱えるのは、来年までなのだ。早めに譲ってもいい。いまは、全力で今期中の手柄を立てることだ。

木原も専務から社長に伸し上がることに奔走している。自分もまず課長になってしまうことだ。立場が上がれば、新しい次元での仕掛けを作ることが出来る。

企業人にとって、一番大事なのは人事だ。昇格のチャンスは絶対に手離してはならない。

「わかった。その条件で受けよう」

上津原が頷いた。この男もまた自分の出世のポイントでは、自分に頼みごとをしてくるに違いない。

「サンプルってもうあるの？」

「あるけど、ここで見せるのは無理だ。沢村もアドマンならわかるだろう」

「それはそうね」

まだ市場に出していない新製品をそうたやすく、銀座の喫茶店で拡げるわけにはいかない。上津原はポケットをまさぐった。持っているという仕草だ。

「どこでなら、見せてくれるのかしら？」

「密室でしか無理だろう。のど飴なんだから舐めてみた方がいい」

上津原がタブレットを閉じた。

「密室で、舐めろ？」

わざとエロい調子で言った。

勝負所だった。絵里香は、上津原の股間に視線を向けた。大きいのは知っている。やってはいないが、何度も見ている。

「のど飴を、な」

「喉をつかってもいいよ」

ダメ押しをする。

「おいおい、俺たちは学生時代からずっと裏で組んできた仲じゃないか。男女の関係にならないのが、鉄則じゃなかったっけ？」

上津原が、訝《いぶか》し気に首を捻った。

確かにその通りだ。十年前、Ｋ大の絵里香とＪ大の上津原は、六本木のクラブを拠点にして、さまざまなイベントを仕掛けてきた仲だが、自分たちはあくまでもクールな関係を続けてきた。ダンスイベントという形を取っていたがその実態は乱交パーティだった。最初は大学生同士のコンパ。偏差値の高い大学の男子に、Eランク、Fランクの大学の女子をあてがった。おバカで軽薄な女を使い捨てたい良家のボンボンと、とにかくコネを見つけたい女子の需給バランスは取れていた。

女の調達は絵里香で、男たちを操るのは上津原だった。

操るとは軽い恫喝《どうかつ》までを指す。

彼らのセレブ仲間の先輩であるマスコミ関係者や芸能関係者、はたまた一流企業に勤めている人間をどんどん引っ張り出させ、その連中も巻き込んだのだ。

これが、現在の絵里香と上津原の強力な営業材料になっている。

イベントに集まる男のレベルが上がるのに合わせて、絵里香もまた徐々に女の偏差値《ブランド》を上げていった。

最終的には、K大やA学院といったブランド大学の女子大生をテレビ局や芸能関係者にどんどん抱かせるという、理想のスタイルが出来上がったのだ。

何処にも金銭は発生していない。男女ともに自由意思に基づいた乱交だ。クラブを貸し切ってやっていたので、公然わいせつ罪にも当たらない。趣味のグループだ。

結果そのうちの数人が、見事女子アナの座を射止めたり、大手企業の受付に座ったりしている。ＣＡやモデルになった子も多い。

きっかけは、絵里香と上津原が仕掛けた乱交パーティだったとは、誰も言えまい。企業側にも、ふたりに多くのあられもない恰好を見られた男たちがいた。当時、三十代の幹部候補生と呼ばれていた連中が、いまはいずれも各企業で部長を目指す位置にいる。恰好の取引相手になる。

裸の男女だらけのクラブで、唯一服を脱がなかったのが絵里香と上津原だ。他人の交合はさんざん見ていたが、自分たちはそれを眺めながら酒を楽しんでいた。

それがアドバンテージになっている。

絵里香自身もＫ大で御曹司《おんぞうし》系の男を何人も引っ張り出していた。ビジネスホテルチェーンのエンペラーインの後継者中川慎一郎には当時、さんざんアプローチを図ったが、あの男だけは口説《くど》けなかった。課長昇格同期一番乗り競争で負けたくないのはその悔しさもある。

「いよいよ、私たちが本格的にタイアップするべき時期だと思うの」

絵里香は殺し文句を言った。これまでも上津原とは何度も交換取引《バーター》をしてきており、その約束は守られてきたが、今回だけは念には念を押す必要があった。

「体でお互いハンコをつかないと納得しないってことか」

「というより、二十年後を見れば、ここで私たち完璧なビジネスパートナーになるべきだと思うのよ。お互い別々に家庭を持ったとしても、仕事上ではこのペアは最強だと思う」

これは本音だった。いつかもっと高い次元で、北急と雷通は手を組む時代が来る。そのときのために、上津原は押さえておいた方がいい。

「学生時代、何組もの男女を合体させてきたが、今度はお互いの会社を合体させるってか」

「まずは私たちでしょう」

絵里香はふたたび脚を組み直した。

さっきよりもゆっくり上の脚を上げる。それもさらに高く。上津原は、細いクロッチが肉丘に食い込んでいるのがばっちり拝めたはずだ。

陰毛は剃《そ》ってある。紅い粘膜が少しはみ出ているかも知れない。

「そこに入ろうか。漫湖飴のバレンタインキャンペーンの狙いを全部教えてやる」

上津原が新橋駅にほど近いビジネスホテルを指さした。

「私とやるのに、ビジネスホテルはないでしょう」

「絵里香さぁ。都内のシティホテルなんて、お互い危なくてしょうがないだろう。同じ会社はもとより、どこでクライアントと出くわすかわからないんだぞ」

「じゃぁ、大阪あたりへでも行く？　二時間四十五分で行くよ」

「おまえ、ホントあの頃と変わってないな。何様？」

「別に」

絵里香はプンと膨れて見せた。

銀座八丁目の喫茶店を出て、上津原と共にタクシーに乗った。てっきり東京駅へ向かうのだと思ったが、上津原は「羽田へ」と運転手に伝えた。

5

紀尾井町から銀座へ出て、そのまま心斎橋《しんさいばし》のホテルに入るとは思わなかった。

羽田からは伊丹《いたみ》へ飛んだ。一時間で着いた。雷通の扱っている業界一位の航空会社を利用し、堂島《どうじま》にある業界二位の航空会社の系列のホテルにチェックインした。

スタンダードダブルだ。

「Jホテルじゃなくてよかったの？」

「いや、やるならこのホテルだ。ほら絵里香も洒落《しゃれ》を理解しろよ」

上津原が、ライトスタンドの脇にあったメモ用紙を指さした。

アルファベット三文字のホテル名があった。航空会社の略号と同じだ。

「日本語にして読んでみろよ」

絵里香は声に出した。

「穴《あな》」

「だろっ。あな……やるなら穴ホテルだ」

いきなりスカートを捲られ、股間の窪みを指で突かれた。

「あんた、ほんとに、ばかじゃない？」

そう言った瞬間、いきなりパンティクロッチをずらされた。すでにジメジメとしている粘膜を割り広げられた。

「あぁあぁん」

女の花を剝き出しにされる。

「そんなっ。展開早いっ」

「知らない仲じゃないんだ。甘いムードとかいらないだろう」

上津原の指は肉厚で太かった。

秘孔に、ぐっと挿し込まれた。たしかに下手な口説き文句を囁かれるよりも、こっちのほうが効く。正直、とってもいい。

「あんっ」

背中を反らされ、無意識のうちに股を大きく開いていた。

「うひゃ～。沢村、ベトベトじゃん」

卑猥な言葉をかけられ、さらに股を濡らしてしまった。これでは上津原のペースだ。刃向かいたい。

「ちょっと待って、先に漫湖飴のサンプルを舐めさせて」

絵里香は尻を振り立てながら、上津原の背広のサイドポケットに手を入れた。円《まる》い缶が入っているのがわかった。

「しょうがないな。エロモードに入っても仕事は仕事かよ」

上津原は女の細い通路から指を抜き出した。人指し指に湯気が立っている。

「おまえ、蜜が濃いな」

「やだもう。指を拭いてよ」

「かまわないよ」

上津原は指を拭こうともせず、ポケットから円い缶を取り出した。

チョコレート色の缶。

中央にアルファベットで「MANKOAME」。

アルファベット表記はやばくないだろうか。AMEの前までが特にまずい。漫湖飴は漢字だったから許されていたのだと思う。

上津原が蓋を捻った。

「その指で、飴を取り出さないでよ」

上津原が缶の蓋を開けようとしていた。絵里香は漫湖飴の缶をひったくった。自分で開ける。

「あら、見た目はまるでチョコレートね」

同様の円い粒状のチョコレートに似ていた。表面に「m」という文字が入ったアメリカ製のチョコが有名だ。あれに似ている。

「一粒いただくわ」

口に放り込んだ。

「表面はチョコレートでコーティングされているが中身は通常ののど飴だ。乾燥する季節にはちょうどいい。喉の保護になる」

上津原は濡れた指をそのままにしていたが、すぐに乾いた。

そもそも女の粘液は速乾性があるが、この季節が乾燥しているのも事実だ。

「喉にいいのよね」

絵里香は漫湖飴を舐めながら、フレアスカートのファスナーを下ろした。ホックも外して、下に落とす。

上津原が眼を瞠《みは》った。無粋《ぶすい》なパンストなどつけていないヒップラインがあからさまになる。

両太腿には赤のガードルが嵌められ、そこから白いストッキングが伸びていた。

「パンティ、ずれちゃっているわ。なんかいやらしくない？」

さきほど上津原にずらされたクロッチから女の紅い口だけが剝き出しになっていた。

「おぉおお」

上津原がすぐに背広を脱ぎはじめた。すぐにトランクス一枚になる。正直言えば学生時代からこの男にいつかは抱かれると思っていた。

策士同士なので、どちらも自分からは言い出せなかったのだと思う。上津原のトランクスの尖端はすでに尖っていた。

「上津原君って、あの頃、乱交している連中を見ながら、よくオナニーしていたわよね」

クラブのダンスフロアのＤＪブースからよくふたりで覗いていた。

自分たちが仕掛けた罠に嵌《はま》って、踊りながら乱交に突入していくさまを見るのは快感だった。自分たちの手の中で、男と女が腰を打ち付け合っているように思えた。

上津原は、見ながらよくしごいていた。極上の男根だったと記憶している。

それでも決して絵里香に手を出してくることはなかった。絵里香はさすがに上津原の横であそこをいじることは出来ず、どうしようもなくなると、トイレに駆け込んでひとりエッチをしたものだ。

目を閉じてクリトリスを触ると瞼《まぶた》に浮かぶのは、裸で重なり合っている男女の群れの姿ではなく、上津原の男根だった。

無意識のうちに、ずっとこの瞬間を待ち焦がれていたような気がする。

絵里香は床に跪《ひざまず》いた。

「のど飴と一緒にしゃぶってあげる」

男の腰骨に手を伸ばし、一気にトランクスを下げた。鳩時計のように巨砲が飛び出してくる。

「おぉ」

絵里香は根元に両手を添え、尖端に唇を被せた。男の生々しい匂いが鼻先に漂う。

肉がパンパンに張り詰めた亀頭に舌を絡め、入念に舐め上げる。同時に棹をしごいてやった。

「うぅう、いいぞ。絵里香の舌って、想像通りザラザラしている」

上津原が喘いだ。そんなことを想像していてくれたのかと嬉しくなる。

「玉忠製薬が一番喜ぶ訴求点て、なにかしら？」

皺《しわ》玉を軽くあやしながら、聞いてみる。上津原の亀頭は、玉を撫でるごとにビクンビクンと揺れた。

「のど飴の年寄り臭いイメージ、あるいは薬としての効能よりも、菓子としてブレイクさせることじゃないかな。バレンタインデーにのど飴を贈るって発想はなかっただろう」

頭上の上津原の声が途切れとぎれになっている。

「私、この飴、エロいと思う。フェラチオしながら舐めるってありだよ。射精されたときって喉直撃でしょう。これで予防になるんじゃないかしら」

「おまえなぁ、それは訴求点にならんだろう……うっ、うっぅうう」

絵里香は、早く出させたくなった。漫湖飴を舐めた喉に受ける射精はどんなものか。

舌で亀頭の裏側を執拗に舐め、時折スライドを混ぜた。唇を捲りながら、棹をしごきたてる。

「おぉおおおっ。出るっ。おまえ、やっぱすげぇな」

上津原の尻が震え出した。砲身から高熱が放たれる。絵里香が、猛然と顔をスライドさせた。

熱波が喉を襲ってきた。ドロドロのスプレーだ。一波、二波、三波と受けた。

「あぁああ、気持ちよかった」

上津原が満足そうに、最後の一滴を舌の上に垂らして、引き抜いた。

「これ、射精の防備になるかも」

絵里香は精汁を呑み込みながら言った。

「だから玉忠製薬はそこを求めていないから」

上津原はそう言いながら、ベッドに腰を下ろしたが、絵里香は窓に向かって進んだ。

この商品は売れると確信した。

テレビスポットのアプローチとしては、ごく普通の彼氏にあげたいキャンディでいい。ただし、裏でフェラ好きの女子たちに、口コミで拡げさせることが出来れば勝ちだ。

その方法はある。

ビジネスアイディアが浮かんだときには、決まって発情する。

絵里香は部屋の窓の前に立った。

真下を堂島川が流れている。暗い川面《かわも》に赤や青のネオンが映っていた。北新地からのざわめきが聞こえてきそうだった。

ようやく大阪にいる実感が湧いてきた。

絵里香は、ドレスシャツを脱ぎブラジャーも外した。窓ガラスに、形のいいバストが映る。夜の景色に映えていた。パンティは左脚だけ抜いて、右の太腿にかけたままにした。赤いガータベルトと白いストッキングは着けたままだ。

窓に手を突いて、両脚を大きく開く。

さらに、ヒップをツンと突き出した。

「ねぇ、速攻でバックから突いてよ」

上津原の大好きなポーズだということは、よくよく知っていた。かつて自分たちが主催した乱交パーティで、上津原は必ずこんな恰好の女が尻から貫かれるのを見ては発射させていたのだ。

「あぁあああああああ」

一気に貫かれた。

バストが窓に押しやられて、冷たいガラスに乳首が潰された。快感だった。

その夜、絵里香は久しぶりに本気汁をまき散らした。汗みどろになって、朝方まで、粘膜を擦りあった。

東京から五百キロも離れ、イントネーションの違う言語を話す街へやって来ただけで、これだけ心も股間も開放させることが出来るのだ。

第三章　淫謀

1

十二月に入ったとたん、北急エージェンシーには激震が走った。

代表取締役社長小林久彦が、倒れたのだ。

倒れた場所は銀座の料亭『本田中《ほんたなか》』で、毎朝新聞の経済部長平尾昌太郎《ひらおしょうたろう》と懇談していたところだった。

料亭の大番頭松村由蔵《まつむらよしぞう》の機転で、救急車を使わずすぐに大型リムジンを仕立てて、明石町《あかしちょう》の北急総合医療センターに運んだ。

本田中から時間にして十分の距離である。

おそらく救急車を呼ぶよりもこのほうが早かったはずだ。運ばれてきた患者の素性を知った病院側はすぐに手厚い体制をとった。

まだ生きている。

倒れて三日目の昨日、急性胃潰瘍と発表された。

美恵子は副社長秘書に配属されて、ようやく三週間が経っていた。

「秋山副社長の動きは？」

中川が聞いてきた。鶯谷《うぐいすだに》のラブホだ。週に一度、中川とラブホ巡りをしている。

これは案外楽しい。

「せわしなく動いているわ。今日なんて、十五分刻みのスケジュールよ。クライアントやメディアに対しては、木原専務や村野《むらの》常務に任せて、副社長はおもに電鉄との調整に当たっているみたい」

ため口になっていた。

シティホテルと違って、人の眼を気にせずにすみ、入ると同時に淫靡な雰囲気に包んでくれるので、遠慮がいらない。

入室と同時に何の建前にもとらわれず、一直線に「やる」ことを目指して走ればいいのだ。鶯谷は初めてだ。毎回場所を変えていた。

不思議なもので、ラブホというのは、どの町に来ても醸し出す雰囲気は似ている。

そこかしこから発情の匂いがしてくるのだ。

年末年始は、少し遠出をする予定である。全国には、まだまだラブホがたくさんある。ＯＬの温泉巡りなどもう古い。これからはラブホ巡りだ。

「小林社長の容態に関してはわかるか？」

「秋山副社長が毎日二時間、見舞いに行っているけど、病状について決して口にしないわ。ただ、仕事に関しては、かなり突っ込んだ話をしているのは間違いないわね。帰社してからは、あちこちにメールしているの。それもプライベート用のノートパソコンを使っているから、私も誰とやりとりしているのか、わからない」

「社用のＰＣに入ってくる相手は？」

中川が、踏み込んできた。

「社長が倒れる前までは、電鉄はじめ、グループ会社やクライアントやメディアの社長クラスからひっきりなしにメールがあったけど、ピタリと止まったの。たぶん、重要案件は、すべてプライベートパソコンに切り替えたのね。私が見ることが出来る社用ＰＣに入ってくるメールは、社内関係者からばかりだわ」

「木原専務は？」

「ひっきりなしに、社長の容態を確認してくるけど、副社長には返事しなくていいと命じられているから」

美恵子はキャミソールのショルダーストラップを抜きながら伝えた。最近、衣服は上から引き抜くのではなく、下に落とす方がセクシーだということを覚えた。お尻をぷりぷりと振って、シルキーホワイトのキャミを床に落とす。

「エロいな、その脱ぎ方」

中川が自分で脱いだ上着をハンガーにかけながら笑った。その言葉を聞きたいがために、自分の部屋で鏡の前で練習したりもしているのだ。

「木原専務は社長と会えていないのか？」

中川がズボンを下ろしながら、そこがポイントだ、という眼をした。

「奥様からの要請で、お会いできているのは、秋山副社長と、社長秘書の志田《しだ》さんだけよ。でもふたりとも病状については何も言わないの」

「人に見せれないほど悪化しているという可能性はあるな」

社長秘書の志田架純《かすみ》は、小林久彦が平取締役に就任して以来、十年間担当している。四十二歳。語学も堪能なベテラン秘書である。秘書課の課長は三十八歳の黒川博之だが、その黒川でさえ、志田架純の意見には逆らえないという。

「木原さんは今夜、吉粋会《きっすいかい》の飲み会を開いているようだ」

吉粋会とは木原の派閥を指す隠語だ。富久町の料亭『吉粋』を本拠地にしているところからそういう名がついた。

「社長が緊急入院しているというのに、ずいぶんね」

美恵子は、シャンパンピンクのブラジャーを取った。

カップの裏側から甘い発情臭が湧き上がってくる。

今夜はおっぱいをたくさん触って欲しい。そんなことを思った。

「社長の病状がたいしたことがないということを社内アピールするためだと言っているが、本当のところは、派閥の引き締めだろう。秋山さんにあらためて三期やられたでは困るから、失脚工作を企てるつもりさ」

「あからさまだわ」

真っ裸になった中川が、顎をバスルームの方に向けてしゃくった。会話は仕事、だけれども動きは着々とエッチなことに向けて進んでいる。

中川いわく『脳と亀頭を同時に動かせなければ出世は出来ない』のだそうだ。

美恵子はこの言葉に結構納得している。

「そりゃ、あからさまにもなるさ。黙って三年待てば社長の座が転がり込んできたはずが、専務で終了の可能性が強くなったんだから、なんとしてもひっくり返そうとするだろう」

「私はあなたにひっくり返されたい」

ちょっと茶化して、美恵子は、バスルームに向かった。パンティを穿いたままだ。パンティの色もシャンパンピンク。歩くと間接照明に反射してキラキラと輝いた。

ラブホテルは、何といってもバスルームが充実している。

ビジネスホテルはもちろん、シティホテルなどよりも遥かに広々としているのが普通だ。ラブホテルにおいては、バスルームは単に身体を洗う場所ではなく、ベッドと並んで、エッチを楽しむ重要な場所だからだ。

昭和の派手さはなくなっていても、いまでもラブホのバスルームは豪勢な造りが多い。

毎週のラブホツアーで、そんなことがわかりかけてきた今日この頃だ。

バスタブにお湯を張っていると、ドアが開くのがわかった。美恵子は、知らんぷりして、バスタブに顔を向けていた。

中川は、何をしてくるだろう。

(きっと、背後から、両手でおっぱいを摑んでくる)

何度か経験していた。

（もみくちゃにされたいわ）

妄想しただけで、左右の乳首がピンピンに勃《た》ってきた。疼く。早く触って欲しい。ところがその妄想は現実にならず、中川は違うアプローチをしてきた。背後でシャワーホースを取る音がした。

「いやんっ」

股間に、シャワーをかけられた。お湯だ。しかも適温。とても気持ちいい。パンティがぐしょぐしょにされる。温かいので、まるでお漏らししたような感触だ。

「あーん。私、今夜替えのパンティを持ってきていないのよ」

背中にも温水をかけられる。ほどよい圧力だ。シャワーで愛撫されている気分になった。

「出るときなんて、ノーパンでいいじゃん。タクシーで送るし」

中川とはいつも明け方にはホテルを出ていた。基本、ラブホから会社への直行はしない。お互い必ず自分の家に戻り、正気を取り戻してから出社するのだ。このメリハリの利かせ方も、中川から教わったことだ。

情事の最中も仕事を忘れないが、情事を引きずったまま職場にも向かわない。中川はたとえ社で顔を合わせても、ポーカーフェースを徹底している。学ぶところが大きい。

「こっち向いて」

「はい」

素直に正面を向く。見事に乳首を狙われた。半分くすぐったいが、指やローターで攻められるのとは違う、異次元の快感を得る。

「あひゃっ、ふひゃ、気持ちいいっ」

美恵子は、背中を反らせて、歓声を上げた。

「おぉお、どんどん乳首がしこってくる」

「しこるって、どういう意味ですか？　あぁ、はんっ」

右と左を交互に攻められる。シャワーから飛び出す温水の一番威力の強い部分を、ピンクのトップに狙いを定めて打ちつけてきた。いいっ。

「そっか、しこるなんて言わないよなぁ。俺、エロ小説の読み過ぎかも」

中川はお湯で美恵子の乳首をいたぶりながら、自分の陰茎にはソープをかけた。片手で擦っている。

「エロ小説とか読むんですか？」

「読むさ。新幹線では、ビール、弁当、エロ小説の三点セットが出張族の基本だ」

自慢げに言う。それほど自慢することでもないと思う。

続いて中川は温水シャワーを美恵子の股間に向けてきた。乳首の時より強い勢いにされた。

「そのパンティじゃ、透けないなぁ」

「ごめん、次は白のナイロンとか穿いてくる」

美恵子は、人並みの男性経験はあるが、ここまであけすけになったことはない。中川といると楽しいのだ。これまで、妄想をしても、自分からは口に出せなかったことが、どんどん言えるようになっている。

最初に「おまえスケベだろ」と言われてしまったので、気が楽になってしまったのだ。エッチなことって、とっても楽しい。

「今夜は、俺が洗ってやる」

シャワーを止めて、壁にかけると、中川がバスタブの縁に腰を掛けるよう命じてきた。素直に座る。なんかわくわくする。

「永治製菓の北浦専務も木原派の一員として、噛んでいるんじゃないかな」

言いながら中川が、両手を伸ばしてきた。亀頭にシャボンを付けたままだ。やや滑稽に映る。

「どういうこと？　あんっ」

ウエストに手がかかり、濡れたパンティを引き下ろされた。クロッチがぬるりと剝《は》がれる。

「べっとりついている」

クロッチの内側を覗き込んだ中川が、にやりと笑った。

「お湯で濡れたのよっ」

恥ずかしかったので、ムキになって言い返した。

「いやいや、普通の湯と粘液は違うって。ほら」

わざわざクロッチをひっくり返して見せられた。たしかにお湯とは輝きの違う粘液がべったりくっついている。お湯で濡れた布の上にさらに接着剤を塗ったように見えた。

（普通、これ、見せるか？）

羞恥で頭がくらくらとなったが、気を取り直して話題を変えた。

「北浦専務が絡んでいるって、どういうことかしら？」

美恵子の股を覗き込みながら、右の手のひらに液体ソープを垂らしている中川に尋ねた。

「どうも、美恵子を差し出そうとした吉粋での接待とか、日東テレビの提供枠とか、おかしすぎるんだ。本橋が自分の会社の派閥工作だけのために、北浦を使うなんて、リスクがありすぎる。北浦に何のメリットがあるんだ？」

「私のこの豊満なボディを自由にできるメリットとか」

美恵子は身体をくねらせて見せた。

「悪いけど、それだけではメリットが少ないと思う」

中川が、ソープを塗った右手を陰毛に伸ばしてきた。陰毛を使って泡立てる。陰毛の周りがホイップクリームを塗りたくったようになった。

「ぇぇぇえ、そんな失礼なっ」

よくもそんなことを普通に言えるものだ。

「もっと大きな陰謀が隠されていると思う。例えば北急エージェンシーと永治製菓の間で何らかの裏取引があるみたいな。厳密に言えば、北急エージェンシーではなくて、あくまで木原一派が永治製菓と密約していることがあるとか」

泡まみれの手で、船底型の粘膜を撫でられた。

ぐちゅ、ぐちゅっ、と音を立ててやられる。中川は大陰唇の内側を懇切丁寧に泡立てた。

「あはんっ」

大陰唇の内側から徐々に内側に指が這ってきて、花びらを押し広げられる。拡がった花をワイパーのような指の動きで撫でられる。

当然ながら、ベッドでやられるときよりも滑りがいい。

ソープの清潔な匂いの裏側から、発情の香気が昇ってきた。白いシャボンを溶かすように、秘孔から蜜液が溢れ出しているのだ。

「きっとそうね。何か裏があるんだわ。ぅぅぅぅ」

「ここも洗っていいか？」

中川が亀裂の合せ目の下にある女粒を指さした。指さされただけなのに、ヒップがビクンと揺れるほど昂《たかぶ》った。皮から芽が顔を出してしまいそうな勢いだ。

「それ、洗うって言うのかしら？」

美恵子は、難しい顔をして見せた。

が、これが裏目に出た。素直に洗って欲しいとさらに股を拡げればよかったのだ。

中川は意地の悪い顔になって、肩をすぼめた。

「じゃぁ、そこは自分で洗って見せてよ。俺は、自分の棹を洗うから」

中川は、陰茎をしごきはじめた。砲筒はちょうど美恵子の顔の高さにあった。

（えっ、それって、オナニーの見せ合いじゃん）

まんまと中川の策略に嵌ってしまったようで癪に障るが、もはや女粒が疼いてしょうがない。

入念にそれ以外のところを刺激されていたので、いまさら粒と孔《あな》だけ放置されたのではたまらない。

「いやんっ。おかしくなっちゃう」

美恵子は包皮の脇をなぞった。じわじわと快美感が押し寄せくる。返すがえすも、この粒を中川の指で触れてもらえないのが残念だ。

すぐに包皮から粒を剝き出さないのは、自分で自分を焦らしているのではない。さすがに、本気のオナニーを見せるのは恥ずかしいのだ。

出会ったあの日も、こっそりオナニーをしていたが、昇天した瞬間を見られただけで、昇っていく過程は知られていない。女が知られたくないのは、自分の手癖だ。

中川の方は豪快にしごいていた。

「俺、入れる前に、丁寧に洗っておこう。間もなくこれを挿し込んで、ばっつん、ばっつん、擦りまくるんだぜぇ」

などと言いながら、猛烈な速度で手筒をスライドさせはじめた。

「ああんっ、そんなこと言わないで。我慢できなくなっちゃうっ」

中川が、陰茎を手筒でしごきたてると、泡の奥からいきり勃った亀頭が顔を出してきた。色は赤銅色。形は鯰《なまず》。知る限りかなり凶暴な肉棒だが、いまは泡に包まれているせいか、愛嬌のある顔に見える。

しかし、目の前で平然と手扱きをされると、よけいに興奮させられる。

とうとう我慢できなくなった。

包皮の上から、指腹で、ぐにゅ、ぐにゅ、ぎゅっ、と押した。

「はっふうっ」

一気に刺激が脳天を突き抜けて、軽い眩暈を起こした。

「そこは男の包茎を同じで、一番滓《かす》がたまるとこだから、丁寧に洗ってよな」

中川に上から目線で言われた。実際に、睥睨《へいげい》されている形だ。

「いやんっ、わかっているわよ。いつもきれいにしているでしょう」

中川は、クリトリスをチュウチュウと舐めるのが大好きな男だ。したがって、美恵子はことのほか包皮の内側をよく洗っている。終わった後には必ず微量の香水も振りかけていた。それが女の嗜《たしな》みというものだと思っている。

包皮を左右に拡げた。深海生物のように皮が伸びて、中からひょっこりピンク色の真珠玉が現れる。まん面に付着した泡を掬《すく》い上げて、皮の裏側に擦り込む。

クリそのものに極力触れないように、指を這わせたが、それでも指とクリの側面が擦れ合う。

「あぁぁぁ」

そのたびに喘がされる。

「んはっ、くっ」

「美恵子、洗っているんだよな？　オナニーしてるんじゃないよな？」

中川の声が上から降ってきた。王様気取りだ。美恵子は、むっとして顔を上げた。

「これ、オナニーに決まっているでしょっ」

開き直った。言って、超恥ずかしいことを口走ったと後悔する。

全身が朱に染まった。

女は、案外、おまんことオナニーという言葉を、なかなか口に出せないものだ。セックスとか、マスターベーションとかは普通に言えるのに。

「なんだって？」

中川が問い返してくる。

「だから、私、オナニーしてるんだってばっ」

中川がにやりと笑った。わざわざそれを言わせたかったのか。勝ち誇ったような顔をしている。

美恵子は、バスタブからお湯を掬い上げて、中川の股間にかけた。泡を飛ばす。巨大な肉鯰の全貌が現れたところで、顔を近づけた。

「私のクリトリスが腫れあがるのを見て、昂奮したくせに」

恥ずかしさを隠すために、舌を伸ばし、ベロリと亀頭冠の裏側にある三角洲を舐めた。

「おぉおおおっ」

中川がのけ反り、バスルームの壁に背を付けた。そのままガニ股になって、本格的に咥え込んでいく。

バスタブの脇に鏡が張り付けられてあった。美恵子の真横だった。美恵子は陰茎をしゃぶりながら、腰を四十五度ほど捻った。

「おぉ、丸見えだ。鏡におまんちょがぱっくり映っている」

口の中で肉鯰が踊り上がった。男が興奮するのはとても可愛らしい。

「もっといっぱい見せてあげる」

美恵子は唇をスライドさせながら、自分の亀裂に指を這わせた。くぱぁと拡げる。

不思議なもので、直接見られると恥ずかしいが、鏡に映った秘苑は、自分のものとは違う気がして、大胆になれた。鏡は虚像とはよく言ったものだ。

陰唇を最大限に押し広げた。

烏《からす》の濡れ羽色になった陰毛の下方から、紅い蝶が覗く。日ごろ自分では真正面から見ないので、とてもグロテスクなものに見えた。

「くわぁ。いいっ。なんかAVのワンシーンを見ているようだ」

「何言ってるのよ。一緒にしないでっ」

不特定多数の人たちが見るおまんこと自分のおまんこを一緒にされたくなかった。

「中川さんだから、見せているんだから」

美恵子は色めき、真珠玉を転がしているところを見せながら、じゅるじゅると亀頭を啜《すす》った。

「あんっ、いいっ」

たしかに自分もAV女優になったような気がした。そう思うとよけいに大胆になれた。

そのとき、ベッドルームからスマホが鳴る音が聞こえてきた。

「秋山副社長かな？」

口の中で、肉鯰をブルンと震わせた中川が聞いてきた

「違うわ」

鳴っている音は、メールの着信を知らせる音だが、通常のベル音なので、副社長からではない。

副社長の場合は、フランスのパトカーの音が鳴るように設定してある。

「どうせ広告メールだから平気」

美恵子はかまわず、亀頭をしゃぶった。ソフトクリームを舐めるように舌を動かし、同じ速度で、自分の尖りもいじった。しゃぶっているのが、クリトリスのように思えてくるから、面白い。

2

「あんんん。いいっ」

美恵子は、秘孔に入れた指をフルスピードで抽送した。

気が遠くなるほど、気持ちがいい。

同じ速度で、顔も前後させていた。唇の間から中川の肉欲棒が出没を繰り返してい

る。

「んんんっ」

何度目かの昇天をした。中川には告げず、自分の膣の中だけで爆発させる。

「んっはっ」

中川はタフだった。これだけ口でしごいたにもかかわらず、射精はまだない。

さんざん、美恵子にしゃぶらせたところで、おもむろに言った。

「シャボンだけじゃなくて、美恵子のお口できれいにしてもらったから、そろそろ合体しようか。美恵子もマメも花びらも、穴の全部をきれいにしたみたいだし」

「だから、これ洗浄じゃないって。オナニーだって」

ほとほと、この男には翻弄させられる。美恵子は顔を真っ赤にして言い返した。

「そうむきになるなよ。今度は全身にソープを塗って合体しよう」

中川は、みずから身体中に液体ソープを塗りたくり、美恵子をふたたびバスタブの縁に座らせると、自分は中腰になって、抱きついてきた。

胸を合せるとぬるぬるする。

「ああん。なんかおっぱいが変な感じ」

自分の乳首と中川の乳首が擦れて、微妙な疼きを運んでくる。中川は上半身を巧みに動かしながら肌でソープを擦りつけてくる。

肩の回し方がエグザイルの『Ｃｈｏｏ　Ｃｈｏｏ　ＴＲＡＩＮ』の踊り方のようだ。

「ソープに行くと、これをマットの上でやるんだ」

擦られながら言われた。ふたりの間に泡がまみれていく。

「だから、私、ソープ嬢じゃないからっ」

と言いつつも、その気になっていた。プロの泡嬢がやるようなことをしてみたい。

素人女にもそうした願望はある。

「まぁ、ソープはローションなんだけどね。あれはベタベタするから、俺はこっちの方がいいと思う」

「その違い、私にはわからないから」

普通のＯＬは、ローションプレイとかしない。わかるわけがない。

「じゃぁ、来週、買ってくるよ。ネバネバプレイしよう」

「それ、どうかなぁ」

本当は、やってみたくてしょうがなかったのだが、気持ちを隠して首を傾げた。

「何事も、やってみなくちゃ。美恵子は嵌るかもしれない」

そんなのものに嵌ってどうする？

中川と別れた先、妙な癖がついた女になってしまうではないか。女は先の先まで考える。

「立ってくれないか」

上半身を泡だらけにした中川が唐突にそう言い、みずからも立ち上がった。

「なにするの？」

もう合体するのではなかったのか。

美恵子は高揚する気持ちを抑え、余裕のある表情をして見せた。

「泡を、もっともっと増やして挿入しよう」

美恵子の手を引き、立ち上がらせると、中川はチークダンスを踊るように抱き竦《すく》めてきた。

「あん」

滑って転びそうなので、美恵子も中川の尻の裏に両手を絡ませる。

「脚、開いて」

中川が言った。

「わけわかんない」

と、言いつつも、わくわくした。脚を開く。

股の狭間《はざま》に、棹を入れられた。膣内ではない。花びらに横倒しした肉胴を挟むような感じの挿し込み方だ。

「な、なにをしようと」

「はい、それで今度は閉じよう」

エアロビクスのインストラクターのような調子で言われた。素直に閉じると、内腿の付け根に、極太の男根をはっきりと感じた。

唇とか膣肉とかで挟んだ感じとはまた違う。棍棒を挟んでいる気分だ。

「そのまま、恥骨を押し付けて」

さらにそう告げられた。いつも中川は、この調子なのだ。美恵子も断ればいいものをついつい言われた通りにしてしまう。どこか自分も試してみたいからだ。

恥骨と恥骨がぶつかった。

「これで泡立てる」

中川が尻をグラインドさせた。陰毛と陰毛が擦れ合い、盛大に泡が立ち、股に挟まったチンポが、くちゅくちゅと亀裂を刺激した。

「うわぁああああああ」

美恵子は息を乱し、中川の尻をしっかり抱き、のけ反った。あまりの気持ちよさに、酔ったような浮遊感につつまれる。転ばないように中川の尻にしがみつくと、よけいに刺激が強くなる。中川が、しゅっ、しゅっ、とリズミカルに腰を突き動かしてくる。

「あんっ、くはっ、これ凄く感じちゃう」

譫言《うわごと》のように言った。

「素股《すまた》って言うんだ」

中川は得意になって言う。

この男、どんだけ風俗に通っているのだ？

それにしても不思議な気持ちよさだった。

「あうっ、なんか変っ」

シャボンが続々と股のカーブに落ちてくるので、花びらに挟まった肉棹の滑りも快調だ。何が凄いかと言えば、横倒し状態の肉胴で、マメを摩擦されることだ。立っている状態では女のクリマメは下方を向いている。それを男根の胴体部で転がされるのだ。

これは初体験だった。

亀頭で突かれたこともある。

指や口で摘まれたこともある。

もちろん、ひとりでこっそりローターをあてたこともある。中川に告白していないだけだ。

だけれども、棹の胴部で肉芽を摩擦されたことはなかった。

「しっかり脚を締めてっ」

中川に、両太腿の外側をぐっと押された。隙間がさらに狭まる。そのうえで、大きく摩擦された。泡のためにこれがまたよく滑る。汗みどろになった。

「いくっ、いくっ、いくっ」

顔がくしゃくしゃになった。極点が降ってきた。

「もう、だめぇええ」

中川の尻から手を離し、よろけそうになりながらも股をかぱっと開いた。それでも男根は水平を保っていた。凄い勃起力だ。

尻を引いて逃れた。男根はぬるりと抜けた。

「はぁぁああ」

美恵子は大きく息を吐き、バスタブの縁に腰を下ろした。絶頂の波を被り、動くことさえもままならない状態だった。

「よしっ。合体だ」

中川が、勃起にシャボンを塗って、美恵子の脚を割り広げてきた。

「むり、むりっ。動けない」

美恵子は、バスタブの中に落ちそうになった。

その尻を抱かれた。まん面が上を向く。そこに、ずるっと亀頭が入ってきた。

「嘘ぉおおお。ここで挿入するなんてっ」

そのまま、ずいずいと男根が侵入してきた。肉層が抉られた。

「いやぁあああ」

クリトリス擦りで、昇天させられたばかりの膣にインサートされたのだからたまらない。くすぐったくてしょうがなかった。無茶苦茶だ。

「だめっ、ずるいわよ。もっと私を大事にしてっ」

美恵子は中川の胸を叩いて抵抗した。

「いや、エッチの味が深まるのは、ここからだ。第二の初体験をさせてやるよ」

中川はそう言うと、すでに引き攣《つ》れだしている膣壁を抉るように、ピストンを開始した。

身体が星空の彼方に飛んでいきそうな気分だ。

体位は、駅弁スタイルだった。

バスタブに両脚を突っ込んだ中川が、男根をビシッビシッと打ち込んでくる。容赦ない穿《うが》ちだ。

「あああっ」

くすぐったかったはずの膣が、徐々に気持ちよさに変わってきた。いつもと次元の違う快感が、子宮の底から湧いてくる。

セックスしているのか、夜空を飛んでいるのか、もはやよくわからなくなっていた。

「あんっ、ふぁ、もう死んじゃいそう」

美恵子は中川の首に腕を絡ませたまま、のけ反った。

「何度も死んじゃえばいい」

中川は留まるところを知らなかった。そのままの体勢でバスタブの中にしゃがみ込む。

接合点が湯に潜った状態で、突き動かされた。バシャバシャと湯面に飛沫が舞う。

美恵子は意識が薄れかかってきた。

これまでセックスで失神したことはなかった。

(ひょっとして、マジ、私気絶しちゃうの？)

口の端から泡が出てくるのがわかった。

おまんこが気持ちよくて、気持ちよくて、しょうがなかった。これは一種の安楽死だ。

「いくっ、またいく」

叫んだ。それでもまだ、中川の抽送は止まらなかった。絶頂の上に絶頂がどんどん階を重ねていく。てっぺんはまだまだ上にありそうだ。

「あっ。もうだめっ」

そこでことキレた。たぶん白目を剝いてしまったのではないか。美恵子は完全に未体験ゾーンへと飛んでいた。

3

目が覚めたときは、ベッドの上だった。

半日ぐらい眠ったような気持ちだった。それだけ頭がすっきりしていた。

「私、どれぐらい気絶していたのかしら？」

目の前にぼんやり見える中川に聞いた。

「あぁ、よかった。気が付いてくれて。俺、焦ったよ。マジ気絶した女って初めて見たから。寝息をたてていたから大丈夫だと思ったけど、このまま起きなかったらどうしようかと思った。うん、気を失っていたのは、五分ぐらい」

「そんなもの？」

「いやいや、俺にとっては長い五分だった」

美恵子は、股間の狭間を触ってみた。まだねっちょりしていた。

「中川さん、タフだわ。ちゃんと出した？」

それが気がかりだった。自分だけ楽しみ、中川が淫爆していないのでは、気が引ける。

「大爆発したよ。ちょうど美恵子が気絶した瞬間だった」

「よかった」

美恵子は寝返りを打った。肩にスマホが当たった。

「そう言えば、どっかからメールが入っていたわね」

ふと思い出し、スマホを手に取った。メールをタップする。相手のアドレスが出た。

「あら、元上司からだわ」

「第一営業部の本橋さんか？」

中川が聞いてきた。

「そう。一営にいたころは、事務職だったから部長から直接メールを貰うことなどなかったの。だから登録してなかったのね」

登録していれば、西野カナの『Ｈａｖｅ ａ ｎｉｃｅ ｄａｙ』のサビのメロディが鳴ったはずだ。ＯＬの応援歌だ。

ちなみに中川だけは別な着メロにしてある。電話もメールも関ジャニ∞の『無責任ヒーロー』のサビだ。ピッタリな選曲だと思う。

「いまごろは、富久町で木原専務一派として飲んでいるはずじゃないのかな。なんて書いてある？」

中川が真横に寝そべってきた。半勃ち状態の肉根がお尻の山に当たる。美恵子はメールとタップした。

【福岡君。秋山副社長とは、うまくいっているかね？　実は小林社長のご容態について詳しく知りたいのだが、ひとつ協力してくれないかね】

文面はそんな内容だった。

「なんて図々しいひとなのかしら」

呆れてため息をついたとき、もう一通メールが入っていることに気が付いた。タイトルは『福岡美恵子秘蔵画像』とある。

文面はない。添付画像が付いていた。

着信時間は本橋からのメールの五分後だ。

オナ&フェラに夢中になっていたときだ。おそらく着信音にも気が付かなかったのだろう。

相手のアドレスに見覚えはない。

「どうしよう？」

何かのフィッシングだったら困る。

「開いてみてもいいと思う。十中八九、本橋の仕業だと思う」

背後からスマホを覗いていた中川がそう勧めてくれた。

「わかったわ」

画像の「開く」をタップする。

画像を見るなり蒼白《そうはく》になった。

眼に飛び込んできたのは、座敷で膝を崩してガバリと股を開いている美恵子の姿だった。三週間前の料亭『吉粋』で、酔って横座りになったときの姿だ。間違いない。

黒のパンストの奥で、シルキーホワイトのパンティが丸見えになっている。

「嘘っ、これなに？」

ローアングルだった。

下から見上げる形で、美恵子の酔った顔までちゃんとフレームインしている。

「お膳の下にマイクロカメラが取り付けられていたんだわ」

美恵子はやっとの思いで口を開いた。

「やられたな。最初から、美恵子に狙いをつけて誘ったことがこれではっきりした。本橋は美恵子が秋山副社長の秘書になると知っていて餌食にしたのは間違いない」

中川がきっぱり言った。

パンティ丸出し画像は、ポーズ違いが五枚ほど添付されていた。最後のものに一番大きく開いているのが映っているのは脅しの効果を上げるためだろうか。

「どうしよう?」

美恵子は中川の顔を見た。理由はどうであれ、こんな写真を拡散されては、社にいられなくなる。

「本橋は自分とは無関係な人間から画像を送らせて、微妙な圧力をかける戦法をとっている。ただし相当焦っているようだな」

中川は天井を見上げた。しばらく何か思案して、ようやく結論を出したようだ。

「その餌に乗ってやろう。どうせいまごろ吉粋で、木原派全員で、返事を待っていることだろうよ。スマホを借りていいかな？　俺が返信してやる」

もはや中川に任せるのが一番だと考えた。美恵子は、スマホを差し出した。

中川が人差し指を素早く動かし、メールを作成した。

【どう協力すればいいんですか？　吉粋のお座敷での盗撮、訴えますけど】

そう書いてある。

「いいか？」

「はい」

ゴクリと唾を呑みメールが送信されるのを見守った。三十秒ほどで返信があった。

【小林社長は復帰できるのかね？　秋山副社長は、なんと言っているか教えて欲しい。盗撮？　なんのことかね。吉粋に一緒に行ったことは、私も永治製菓の北浦専務も記録からも記憶からも削除してしまっている】

「なんて、汚い手をつかうのっ」

盗撮のくだりに関する返事を見て、美恵子は慄《おのの》いた。

「ひょっとしたら予約も別名義で入れているんだろうな。なるほど口の堅い料亭を舞台にしたわけだ。証拠は出てこない仕組みだ。あの夜、北浦専務と一緒にホテルに行っていたら、もっと決定的な画像を撮られた可能性大だな」

美恵子は絶望的な気持ちになった。

「大丈夫だ。なんとか反撃してやる。このメールは相手も焦っている証拠さ。俺に任せてくれないか」

中川が、さわやかな笑顔を見せた。

「任せるしかないみたい。私じゃどうにもならない」

「そんなこと言わない方がいい。自分の人生は自分で切り開かなくちゃ。これは美恵子の闘いだ。俺はその軍師になってやる」

中川は、決して百パーセント任せろとは言わなかった。正しいアドバイスだ。

「わかった。私も、反撃の方法、考える。このまま、本橋の言いなりになるのはいやだわ」

「よし、まず、ここは相手をおびき出そう。まだ何枚か切り札を持っているはずだ」

中川がふたたびメールの文面を考えている。

【小林社長の容態はかなり深刻なようです。秋山副社長は現在、電鉄や建設の幹部と引継ぎについて検討中です。副社長室では任期のリセットという言葉が、飛び交っています。私も近々、社長秘書の志田さんと打ち合わせの予定です】

「これで、返信する」

「大丈夫ですか？　そんな先走ったメール入れちゃって」

「これが、観測気球になる。さてどう出てくるからだ」

送信すると、中川は志田秘書にアポを入れるようにと言ってきた。

「理由はなんでもいいんだ。近々、秘書同士がアポを入れているという事実があればいい。志田秘書は木原派ではない。この際、敵に与《くみ》してしない人間は、味方につけるべきだ」

言っていることがわかった。これはＯＬ同士の派閥争いでもよくつかう手だ。美恵子はさっそく、社長秘書の志田架純に電話を入れた。秘書として秋山副社長とどう接するべきか伝授願いたいと頼み込んだ。ベテラン秘書である志田架純は、快く引き受けてくれた。

「明日の夜に一緒に食事することにしたわ」

「それはナイスだ」

「でもどんなことを相談すればいいのかしら」

と言ったところで、またメールが入った。本橋ではない。先ほどの画像の発信者と同じアドレスだ。

【不倫。副社長×秘書】

今度は、永田町のプレジデント北急ホテルのエントランスの画像だ。

タクシーを降りて秋山社長と美恵子が、ホテルに入る様子が映っている。

「これ、民自党の峰岸幹事長と打ち合わせの時の写真だけど」

どうってことない。次の画像に送る。

「あっ」

美恵子が秋山に腕を絡ませている画像になった。

「おいっ」

中川が声を上げる。

「いやいや、これ躓《つまず》いただけで」

さらに次に送ると、秋山が美恵子の尻を撫でる画像になった。

「違う、違う。これは私が前のめりになったので、副社長は手を貸そうとしたのがずれただけだよ」

言って弁解に聞こえたのではないかと焦った。おそるおそる中川の顔を覗くと、眉間に川の字のような皺を浮かべていた。

「ねぇ、ちょっと、ほんとだよ」

美恵子はむきになった。

張り込みをされた有名人が、普通に歩いているときに起こった「たわいもない事象」も、こうして一部だけを切り取れば「いかがわしい写真」となる。

美恵子は怖いと思った。でっち上げとはこうしてできるのだ。

中川がじっと眼を覗き込んできた。真剣な眼差しだ。

「嘘じゃないってば。副社長は衆目の中で、女の尻を撫でるような人じゃないわよ」

「だよな」

ようやく中川が元通りの爽やかな顔に戻った。

本橋からメールが入った。

【福岡君と秋山副社長が、不倫の関係にあるというメールが拡散しているようだ。至急副社長に社長就任を辞退するように伝えた方がいい。木原専務と私とで、この件に関するもみ消し工作をしてあげよう】

マッチポンプとはこのことだ。

すぐさま、中川がメールを打ち返した。

【本橋部長、助けてください。私、どうしたらいいか。明日の午後相談に乗ってください】

「えっ、そう返すの？」

「うまく、嵌めて来いよ。俺は俺で明日手を打つ。秋山副社長には、この画像を見せて、しばらく静観してもらうように頼めよ」

「それが、私自身でも闘えということなのね」

「そうだ。美恵子だから出来る戦術もある」

美恵子は承知した。

社内抗争の巻き添えを食らって、自分の前途を台無しになどしたくない。

第四章　女性課長誕生

1

中川慎一郎は、市ヶ谷にやって来ていた。

社には、日東テレビに打ち合わせのため直行と伝えてある。

十二月に入って風が急に冷たくなった。

中川はコートの襟《えり》を立てながら、カフェのオープンテラスに座り、通りを挟んだ真向いのマンション『マンハッタン市ヶ谷』のエントランスを見張っていた。靖国通りから少し入った位置だ。

冬の日差しが眩《まぶ》しいのでサングラスをかけていた。

テラス席には、大型のストーブが置かれていたが、イタリア人バリスタは、こんなクソ寒い日に、何を好き好んでこの席に座るのかと、訝し気な顔をしながらエスプレッソのダブルを運んできた。

その場で支払いを済ませる。

濃いエスプレッソだった。中川は、邪道であることを承知の上で、ほんの少しだけシュガーを混ぜた。

飲みながら腕時計を見る。

午前十一時十五分。

『吉粋』の女将谷口《たにぐち》綾乃《あやの》は、だいたいこの時間に、ランチをするために外出するという。

ランチ時に顧客や銀行筋の人間と打ち合わせをすることが多いそうだ。

教えてくれたのは、毎朝新聞の政治部記者だ。大学の同期である。大臣の密会を張り込むために、政局の季節にはよく吉粋の門前で張り込むらしい。それで女将の自宅や習慣を発見したという。

五分経った。

エスプレッソは、二口で飲み終えてしまった。急ぐときのためにすぐ飲めるエスプレッソにしたのだが、やはりカフェラテにすればよかったと後悔した。

もう一杯オーダーしようと手を上げたとき、マンハッタン市ヶ谷のエントランスから谷口綾乃らしき女が出てきた。

黒のロングコート姿。おそらくカシミアだろう。それに茶色のハットを被っている。セレブのいでたちだ。四十六歳。まさに熟れ盛りである。

中川はスマホをタップし、昨夜入手した資料画像を確認した。間違いなかった。

綾乃は、タクシーを拾おうとしているのか、通りをうかがっていた。

（やばい）

てっきり歩いてランチに行くものだとばかり決めつけていたので、こちら側でのんびり待っていたのだ。

中川は、慌てて手を下ろし、すぐに立ち上がった。オーダーを取ろうと歩み寄って来たイタリア人バリスタも突然ストップする。

綾乃は、やはりタクシーを拾った。ナンバーを覚える。東京には昨年からロンドンタクシーをイメージした新型車種が投入された。各社濃い藍色。ほとんど黒に見える。したがってナンバーで覚えるしかないのだ。

どうでもいいことだが、社名がグリーンタクシーでも、ボディが濃い藍色なのはいかがなものか。以前は社名通りグリーンだったはずだ。

綾乃を乗せたタクシーは、市ヶ谷駅方面へと走り去っていく。

中川は、いそいで通りを渡り手を上げた。行き交う車を避けて渡る派手にクラクションを何度も鳴らされたが渡り切った。幸いすぐに空車がやって来た。

乗り込むと、十台ぐらい先を走るタクシーを指さし追跡を頼んだ。刑事気取りだ。

綾乃を乗せたタクシーは、市ヶ谷駅前を新宿方面には折れず、逆に麹町《こうじ》側へと坂を昇った。

運よく、旧日本テレビ本社前で、追いついた。そこからは余裕だった。

行き着いた先は、紀尾井町の老舗名門ホテルであった。逆側につけられると自分の会社に近すぎて困ったが、綾乃のタクシーは本館エントランスの車寄せへと着いたので助かった。

後を追う。

綾乃は、本館と新館のちょうど繋ぎの廊下に面したラウンジレストランに入った。嵌《は》め殺しの窓から、ホテル自慢の広大な日本庭園が眺望できる。

時刻は十一時四十分。

ランチタイムはビュッフェスタイルのようだが、まだ混んでいない。

絶妙なタイミングと言える。

綾乃はラウンジの責任者らしき男となにやら語らいながら、窓際の奥まった席へと進んでいった。

中川には、別な若い女性が応対に出て来た。ウエイトレスではない案内人《レセプショニスト》だ。

「おひとりさまですか」

「そうだが、あっちの奥の席でいいかな？」

窓際を勧める女性に断りを入れて、綾乃の席を覗ける内側の席を指さした。

「どうぞ」

ヒップラインのきれいな案内人に先導されて、中川は、ラウンジの中ほどにある二人掛けのテーブルに着いた。綾乃の席とは十メートルほど離れている。綾乃は窓際最奥の四人掛けの席に座っている。入り口側に背を向けていた。

(向かいの席を空けているということは、誰かが来るということだ)

中川はその背中が見えるように座った。持参のダレスバッグの中から英字新聞を取り出す。いざという時に顔を隠すためだ。

英字新聞にしたのは、咄嗟の印象を外国人と勘違いさせるためだ。姑息《こそく》と言えば姑息だが、人の印象は持ち物で変わる。

新聞を広げて、綾乃がビッフェへ立つのを待つ。

綾乃は、化粧のノリでも確認するのか、コンパクトを広げて、顔の前にかざした。中川はすぐに新聞に視線を下ろした。覗いていると思われてはならない。

しばらくして綾乃が立ち上がるの見えた。

料理が並ぶ中央テーブルへと進んでいく。

その姿が完全に通りすぎるのを待って、中川も腰を上げた。振り返って、綾乃の行方を確認する。

こちらに背を向けたままサラダを取っている。

中川は、ダレスバッグの中から小型ワイヤレスマイクを取り出した。イベントの際にスタッフ間の会話に使う会社の備品である。

テレビの出演者が胸につけるピンマイクと同じぐらいのサイズだが、マイクロタイプの発信機が内蔵されている。

素早く動いた。

ビュッフェには向かわず、綾乃の座っていた席へ向かう。窓外の景色に見惚《みと》れて歩いているように振る舞った。

テーブルの裏側にマイクを張りつける。そのままビュッフェコーナーに向かった。

サラダとローストビーフの皿を持った綾乃とすれ違う。視線は合わせなかった。

中川は、サンドイッチコーナーに向かい、ＢＬＴサンドとホットコーヒーを持って席に戻った。食欲をそそるメニューが山ほど並んでいたが、できるだけ簡単に味わえるサンドイッチを選んだ。

綾子はローストビーフを食べ終えると、ふたたび立ち上がりコーヒーとデザートのシュークリームを持って戻ってきた。

それだけの挙措にも華やかさが漂うのは、やはり料亭の女将という職業柄か。

新聞記者から得た情報によれば、綾乃は、吉粋の四代目である。

曾祖母が明治時代に新橋に開いたのが始まりで、大正年間、祖母の代に富久町に移転している。昭和三十年代まで、客の中心は文人墨客であったが、母の代となった昭和五十年代から政治家と財界人の集まる店となった。

その母は六年前に、七十歳で引退している。現在は熱海の高級マンションで悠々自適の暮らしをしているという。

綾乃に戸籍上の父はいない。閣僚も務めた有力政治家と母の間に出来た娘である、と噂されている。もちろん噂の域を出ない。

事実であればその政治家は現在も、民自党の派閥の長として活躍している。

綾乃は独身である。だが、くだんの記者によれば、それも「あくまでも戸籍上」のことで、どんな大物と深い関係にあるかは定かではないという。

料亭の女将であると同時に、政界の女フィクサーでもあるのだという。

中川は、コーヒーを飲みながら、英字新聞をゆっくり読んだ。そこそこ英語力はあるつもりだ。二面には、アメリカと中国の貿易戦争について書かれていた。

どう転んでも日本は巻き添えを食いそうな気配だ。そんな記事を読みながらふと視線を上げると、綾乃の傍らにふたりの男がやって来ていた。

（おおっ）

中川は驚愕した。

ひとりは永治製菓の専務北浦勝昭である。いかにも上等そうな茶色のスーツを着ていた。もうひとりはサラリーマン風の四十代の男。地味な黒いスーツに、安物そうなバッグを持っていた。北浦は綾乃の前に座った。もうひとりの男は立ったままだ。

中川は急いでダレスバッグからワイヤレスイヤホンを取り出し、右耳に当てた。マイクがふたりの会話を拾った。

『まずは、何かお取りになって来てくださいな』

綾乃の声だ。低くて迫力のある声だ。

『では、私が。北浦専務は何がよろしいですか』

サラリーマン風の男が立ちあがった。

『柚木《ゆずき》君に任せる。それほど量はいらん』

北浦が言った。柚木と呼ばれた男が、ビュッフェコーナーへと向かう。

少し間があって、綾乃の声がした。

『専務。困りますよ。うちの座敷でセクハラまがいのことをされては』

『おや、女将、知っていたのかね』

北浦の声が少し裏返った。

『仲居の雪乃《ゆきの》と出来ているのも、私はちゃんと見通してますよ』

『いやいや、これはまいった』

北浦は悪戯《いたずら》がバレた子供ような声を上げている。

『お茶目な顔をして、ごまかそうとしてもだめですからね。お膳に隠しカメラなんか仕込んで、そのリモコンボタンを雪乃に押させるなんて、まったくとんでもないことをしてくれたものですわ。挙動不審だったので、あの夜、私、雪乃を徹底的に問い質《ただ》したんです』

これは凄い話だ。受信機は録音モードにしてある。記者が拾ったならスクープだ。

『いや、すまなかった。しかし問題にはなるまい。あれは北急エージェンシーの本橋の仕掛けに乗ってやっただけだ。自社のＯＬだ。話が表に出ることはないだろう』

『女を甘く見ない方がいいですよ。とくにいまどきのＯＬさんはね。案外、きっちり訴えてくるものです。そんなことをされたら、うちが困りますよ。吉粋は密談の場所として有名なのですからね。先生方が誰も来なくなってしまいますよ』

綾乃の肩が小刻みに震えていた。相当怒っているようだ。

『わかった。わかった。あの夜、北急エージェンシーと俺が吉粋で会っていたことは、どちらの公式記録からも消しておく。だからそっちも予約などなかったことにしておいてくれ。そんなのは得意だろう』

『当然です』

凜《りん》とした声だった。

『本当に、あれは北急の本橋の提案に乗っただけなのだ』

『相当困っていますね、専務』

綾乃がそこで言葉を切って、コーヒーを口に運んだ。

(どういうことだ？)

綾乃は何か、北浦の秘密を知っている様子だ。

『だから、女将の力に縋《すが》っている』

中川の視線の先で北浦が綾乃に頭を下げていた。会釈程度ではあるが、六十過ぎの大企業の重役が、料亭の女将に頭を下げている。

そこへ柚木が戻ってきた。大きなディッシュにいくつもの料理を載せている。

『まぁ、適当に摘まみましょう』

柚木は、女将の横に腰を下ろした。てっきりこの男は、北浦の連れだとばかり思っていたが、どうやら女将の側の人間だったようだ。

『しかし、手を出したOLが、ヤクザの情婦だったとは笑えませんね。北浦さん。ほどほどになさいませんと』

柚木が嘲笑しながら、何かを口に運んだ。

『それで、脅されてインサイダー情報を流していただなんて最低ですね。私にも新工場の建設計画を事前に教えて欲しかったわ。あれで永治製菓の株、二百円も上がったんですよ』

綾乃が悔しそうな声を上げた。

先だって女性警察官が色男のヤクザに入れあげて、捜査情報をすべて流していたというニュースを聞いた。そんな時代なのだから、OLがヤクザの情婦でも驚く話ではない。充分あり得る話だ。

中川はBLTサンドを頬張りながら、イヤホンの声に集中した。やはりサンドイッチにしてよかった。ナイフやフォークを使う食事よりはるかに盗聴に集中できる。

2

『揉み消し料の一億円は、北急エージェンシーから流すということでどうだろう。東《とう》堂《どう》先生のほうから間山政経書院《まやませいけいしよいん》へ働きかけていただければ』

北浦は、はっきりそう言った。スキャンダルの揉み消しだ。

間山政経書院とは、昭和の怪物と言われる元大物総会屋の間山道山《どうさん》が率いる出版社だ。仕手集団でもある。

出版社とは名ばかりで、その実態は、大企業のスキャンダルを摑んでは、マスコミに流すと凄む悪徳集団である。

どうやら、その間山に北浦とヤクザの関係を握られたらしい。

総会屋としての活動が制限されるようになってから、間山はむしろダイレクトな方法を取るようになったと言われていた。

要求を呑まないと本当にスキャンダルをマスコミに流してしまうのだ。

『北急エージェンシーから直接間山政経書院では、まずいということで、うちの先生が間に入ると』

柚木の声だ。話を聞いているうちに、この男は政治家の秘書だとわかった。

東堂先生というのは、右翼団体に影響力を持つ民自党の長老のひとりだ。

『あぁ、すべては北急の木原専務が呑み込んでいる。それをやってくれることで、うちは雷通の扱いをすべて北急に回すことにしている』

(なるほど)

それならば、木原や本橋は、クライアントの永治製菓よりも強い立場にいることになる。

そして本橋は、日東テレビの『夜更かしＯＬ』の提供枠をマネーロンダリングに使おうとしているのだ。

おそらく枠を持っている雷通から又売りをしてもらうつもりだ。そのぶん、手数料は高くなる。

だが、そこが付け目だ。

元値が高い媒体を動かしたほうが、上乗せ分も目立たなくなる。

一億円分の裏金を作るには、スポットをコツコツ扱っていたのでは、先行きが見えない。提供枠を二年ほど持たせる契約をして、そこから少しずつ、裏金分を返金させた方が足がつきにくい。

政治団体への流し方は、また別の方法を取るのだろう。足のつかない渡し方だ。

(吉粋の座敷で現金で渡すとか)

そう思えば合点がいく。

中川は別な角度からもこの件を観察した。

そもそも『夜更かしＯＬ』は低視聴率枠である。

これを活用してやれば、日東テレビにも雷通にも恩を売れることになる。

そこに辿り着いて、中川は瞬時に鳥肌が立った。

(雷通に恩を売る——)

そこだけ胸の中で復唱した。

(まさか?)

中川は思いを巡らせた。木原専務は、もっとやばいことを考えている可能性があった。

(雷通との合弁会社の設立——)

あり得ることだ。

広告業界はいま中堅会社間での合併、あるいは共同会社の設立が活発に行われている。北急は完全に立ち遅れているのは事実だ。

（だが、雷通とでは、飲み込まれしまう）

どこか官僚的で、お公家集団と呼ばれる北急エージェンシーと、同じ業界の中でも生き馬の目を抜くような競争を強いられている雷通とでは企業文化が違い過ぎるのだ。

中川は戦慄を覚えた。

『北浦専務。承知しました。そんなスキャンダルで、専務が社長になる目を潰してしまってはもったいないです。永治製菓がさらに新工場を設立する際には、うちの先生の地元に、ぜひお願いしますよ』

『わかっている。二年後は永治製菓はわしが、北急エージェンシーは木原君が社長を務めているはずだ。ふたりで組んで、新しい財界の秩序を構築してみせるよ』

北浦は明言した。

『そこから先のお話は、どうぞ、夜にうちに来てやってください』

綾乃が引き取って、落着した。

三人が席を立った。

中川は三人を眼で追いながら、自分も立ち上がった。まずは三人の座っていたテーブルに近づき、仕掛けたマイクを剝がしてサイドポケットにしまった。

それから三人よりも五メートルほど距離をおいて、後を尾けた。

ラウンジレストランを出ると、北浦は新館の方へと向かった。綾乃と柚木は本館のエントランス方面へと向かう。

正面ロビーに出たところで、柚木が恭《うやうや》しく頭を下げて、エスカレーターで階下へと降りて行った。自分の車で来ていたのだろう。駐車場は地下にある。

綾乃は車寄せへと出た。ベルボーイが確認して、すぐに指を立てた。待機していたタクシーが滑り込んでくる。

ドアが開いた。綾乃が乗り込こもうとした。

「谷口さん、いま北浦さんたちと話していた件で、お話を」

中川はいきなり綾乃の腕を取って、タクシーの中へ乗り込んだ。

「あ、あなた、誰なの？」

綾乃の顔が引き攣った。

「国税庁の者です」

真っ赤な嘘をついてやる。

キャバクラではいつもそう言っているので、すぐに出た。嘘のトレーニングをするならキャバクラに限る。キャストもたいがい創作した生い立ちを十個ほど持っているので、騙し合いのようなものだ。

「市ヶ谷へお願いします」

中川は運転手に伝えた。

「いくら何でも失礼過ぎじゃないかしら。私のことを、どこまでご存知なのかしら？」

綾乃の眼が鋭く光った。料亭の女将のおっとりとした表情ではない。政界を闇で操る女フィクサーの眼だ。

「あなたが、実力者なのは充分知っています。ですが、間違ったほうを応援してほしくない。はい、これをお聞きください」

綾乃の耳に、イヤモニを押し込んで、ポケットの中で受信機の再生ボタンを押した。先ほどの会話が流れる。

綾乃の顔が強張《こわば》った。

「それ、税務対策考えていませんよね。消費税だけでも八百万かかる話です。受け取ったほうは、申告の義務もあるし」

それ以前に申告できるような金ではないことは、無視して話した。

「吉粋さんの、所得申告も改めて見させてもらいます。はい、いつもなら上から圧力をかけるんでしょうけど、その録音を聞かせたら、議員さんたちもすぐには手を出せないでしょう」

綾乃の唇が震えていた。頭の中には追徴金の三文字が浮かんでいるはずだ。経営者にとって税務署は警察よりも厄介な相手である。経営者の息子だからわかる心理だった。

綾乃はまっすぐ前を向いて、口を閉ざしていた。

さまざまなことを同時進行で考えているはずだ。

タクシーは、麹町から靖国通りへと坂を下りてきた。

中川は綾乃のスカートの脇にあったファスナーを開け、手を滑り込ませた。太腿を撫でる。パンストのザラザラとした感触が手のひらに触れた。

綾乃は、気が動転しているのか、すぐには反応しなかった。

内腿に滑り込ませ、恥骨の膨らみを撫でたところで、はっとしたように腿をきつく閉じた。中川の手のひらは挟まったままだ。湿り気を帯びた熱が伝わってくる。

「あなたって人は……」

なんてことをする人なのだ、と眼が言っていた。運転手の耳を気にして言葉を飲んだようである。

政界の女フィクサーとまで称される谷口綾乃に、そうそう手を出す男などいないはずである。

手を出すのは、それなりの大物だ。

だが、女の悦びは、かならずしも権力と連動するとは限らない。四十六歳の女盛り、熟れ盛りである。

人生は度胸だと思う。

中川はいつもそう考えて行動する。

計画は繊細に。行動は大胆に。

座右の銘である。

圧迫された隙間、人差し指をくの字に曲げた。パンストのセンターシームを擽《くすぐ》るように掻いた。

「うっ」

綾乃が巨尻を、ぶるっと震わせた。耳からイヤホンが落ちた。中川はかまわず、割れ目を、くいっ、くいっ、と掻いた。

「あんっ。私にどうしろと」

中川の耳元に唇を押し付けて言う。中川も綾乃の耳朶に舌を這わせながら答えた。

「さっきの話、ナシにしてください。ついでに北浦を嵌めてください。うちらは永治製菓の法人税申告にも疑問を持っています。一種の司法取引です」

もっともらしいことを言った。

「国税庁に協力するなんて癪だけど、自分のところが挙げられるよりはいいわ」

「はい、協力していただいた方には十年間のお目こぼしが付きます」

中川は、もっともらしい嘘を重ねた。

「あなたが二度とそのことで私を脅さないという保証は？」

綾乃が聞いてきた。当然の質問である。股間が、もうじっとりと湿っている。湯気が上がってきそうだ。

「お互い保険をかけ合いましょう。それが最大の保証になります」

中川は、割れ目をぐっと押しながら言った。人差し指がパンストとパンティごと泥《ぬか》濘《るみ》に埋まってしまった。

ちょうど都合の良いビジネスホテルが見えてきた。運転手にそのホテルの前で停めるように告げた。

チェックインタイムを過ぎているのは知っていたが、そのホテルに限って中川はどうにでもなるのだ。

3

美恵子は、副社長の秋山真人と向き合っていた。

副社長のデスクの上には、脅迫画像をプリントアウトしたものが、並べられている。

美恵子が、恥を忍んで、自分が大股を拡げて、パンティ丸出しになっている画像も並べておいた。

「私が、きみを抜擢したばかりに、取り返しのつかない被害を与えてしまって申し訳ない」

秋山は白髪の頭を下げた。まだ六十歳になったばかりのはずなのに、このところの心労がたたってか、十歳ほど老けて見えた。

秋山にとっては、美恵子のパンティ丸出しよりも、お忍びで秘書とホテルに入ったように見える連続写真の方が痛恨の極みだろう。

だが、秋山はそのことに関して愚痴は言わなかった。

ただ「この手で来たか」と笑っただけだ。そして「木原君も手詰まりになってきているな」と付け加えた。

「そんな汚い手を使ってまで社長になりたいんでしょうか」

美恵子のこの問いに、秋山は即答した。

「なりたいさ」

窓外に広がる赤坂見附の風景を見下ろしながら、続けた。

「会社というのは、実力だけで出世できるところではない。だいたい同じような実力を持った人間が入社するんだからね。能力にそれほど差はないさ。したがって当然足の引っ張り合いは起こる。それが会社というものだよ。仲良し倶楽部じゃないんだ」

「私たち一般職ＯＬは、権力闘争には無縁ですから、みんな仲良く連携していますけどね」

「みんな同じ立ち立場なら、嫉妬はしないいさ」

「原因は嫉妬ですか？」

「サラリーマンの権力争いはだいたい人事に対する嫉妬だよ。自分より地位の高い者が羨ましい。同期には負けたくない。つまるところ、サラリーマンの関心事というのは人事に集中する。業績を上げるのも、出世がしたいから。上司の顔色を窺うのも人事で優遇してもらいたいから、ということになる」

美恵子は考えたこともなかった。

「福岡君はどんな思いで、毎日会社に来ている」

「これまでじゃ、朝、出て来た時はランチを楽しみに。午後からは、帰ることを楽しみに働いていました。私の仕事は、誰でも出来る仕事ですから、他の人に嫉妬する感覚はありません」

素直に答えた。一般職ＯＬの代表的な感覚だ。叱られるかと思った。

「私が、福岡君を秘書に抜擢した理由はそこなんだよ」

「えっ？」

「会社で仕事をすることだけが人生ではあるまい。とくに広告代理店は、常に平均的な感覚、中立的な感覚が求められる業種だ。キミのようなのびのびとした普通の女性の方が、純粋に仕事を遂行してくれると思ってね。わし自身も、妙な野心を持っていなかったから副社長に進めた。人事というのは妙でね、そういうこともある」

秋山は実にノーマルな人生観を持った人物のようだった。

「秋山さんは、社長になられる気はないのですか？」

「ないよ。昨日も、小林社長と北急ホールディングスの本郷《ほんごう》会長にそう申し出たら、逆に『やる気がない者を登用したい』と説得されてしまった。まいったね」

思わず吹き出しそうになった。

人事とは本当に面白い。秋山はようやく、社長を引き受ける気になったようだ。

「いつ頃の予定ですか？」

「まだそれは言えん。グループとの任期調整が残っている」

つまり小林社長の残り任期だけを引き受けるか、新たに三期やるかということだ。

「福岡君は、課長になってみたいと思わないか？」

秋山が唐突にそんなことを言い出した。窓を向いたままだ。からかわれているのだと思った。

「思いませんよ。そんなこと」

「だったら、なってみないか？　秘書課長に。もちろん私の秘書を兼任の上だ」

唐突に唐突を重ねたような言い方だった。

「はい？　いまなんておっしゃいました？」

「うん。来週、わしが正式に社長に就任するのと同時に、秘書課を一新しようと思う。黒川課長に代わって、福岡君がやってくれないかね？　というかこれ内示なのだが」

生まれて初めて失禁しそうな気分になった。中川のフィンガーテクニックのおかげで最近はよく潮を吹いているが、失禁の経験はまだない。

びっくりするとおしっこが出そうになるというのは本当だった。

「あ、あの副社長。私、一般職入社なんですけど」

女性社員でも総合職なら、主任、課長補佐と昇格していくが、一般職は通常、主任どまりだ。そして一般職ＯＬで主任となると、主任とは呼ばれずお局《つぼね》様《さま》と呼ばれるのが、これまた通例だった。

「福岡君。当社は一般企業だよ。霞が関の役所と違って、国家公務員の1種合格者とかは必要ないんだ。上司が推薦して、人事部が納得すれば、いまいるポジションに関係なく誰でも課長になれる」

「な、なんで私が？　単純に色がついていないということが、理由ですか」

ならば他にも候補者はあろうと思う。

「きみの参加しているグループ横断のＯＬ会、あのネットワークはなかなか素晴らしい。会の名前も面白いらしいね」

「あっ『お乱れ会』ですね」

言って美恵子は顔が真っ赤になった。聞きようによっては、かなりまずいネーミングだ。

「そう言うのかね。秘書課の課長になって、ぜひその『お乱れ会』を活用してくれ。

今後はグループ間の絆《きずな》がとても重要になる。そういう時期にわしは社長になるんだ。ぜひ力を貸して欲しい」

秋山はふたたび頭を下げた。

本気で何かを改革しようとしている感じだった。美恵子は心を打たれた。だが、問題もある。

「秘書の実務にも長《た》けていない私が、先輩秘書を束ねていけるでしょうか」

束ねていけないに決まっている。ド素人なのだ。

北急エージェンシーの役員は全部で十五人だ。

社長、副社長、専務が各一名。常務は五名。他に本部長を兼任する平取締役が七名いる。専用フロアの個室、秘書、専用車の三点セットがつくのは取締役からだ。

各役員に一名の秘書がつき、他に担当を持たない遊軍が五名。事務専任課員が五名。現在は課長黒川と事務専任担当以外は全員女性だった。

秘書課は合計二十名で課を構成し総務本部の管轄についている。

二十名を、どうやって束ねろと。

「そのことなら、心配いらないよ。前任の畠山洋子君が、すべてバックアップしてくれる。今夜、会う予定なんだろう。彼女のアドバイス通りにするといい。今後も、すぐ近くにいて、きみをサポートしてくれるそうだ」

「畠山さんは、実家で介護につかなくてはならなくて退職なさるのですよね？　それに『近くにいて』とはどういう意味ですか」

「どちらも本当さ。畠山君の祖父は、参議議員の畠山光三郎《こうざぶろう》氏だ。八十五歳を越えているが、現在も議員だ。だからあそこにいる」

秋山が麹町の方を指さした。参議院麹町議員宿舎だ。

「議員宿舎で介護ですか？」

辞めたらどうだ、と言いそうになって踏みとどまった。

「とっくに民自党は定年しているんだがね。その後無所属になっても選挙では強い。次は落選かと言われて二十年。勝ち続けている。国会には車椅子で通っているんだが、もうじき勤続五十年になる。そこまでやる気だ」

なるほど、それで『近くにいる』の意味がわかった。北急紀尾井町ビルディングから議員宿舎までは、車で五分だ。

「畠山さんなら、秘書も出来るし、政治家の介護にはうってつけですね」

「あぁ、きっと地盤も引き継ぐのさ」

秋山が笑った。

「私の元秘書が、国会議員になる日も近いだろう。福岡君、現秘書としてうまく連携してくれ。彼女もきみのお乱れ会ネットワークには興味を持っている。それに」

「それに？」

美恵子は聞いた。

「小林社長の秘書志田架純さんも、きみを全面的にバックアップしてくれる」

志田架純。秘書中の秘書と呼ばれる女性で、本来なら、黒川ではなく彼女が課長になるべきだとされている人物だ。

小林社長と共に引退を決めているのが惜しまれる。

「わかりました。そういうことでしたら、秘書課長をお受けいたします」

美恵子は腹を括《くく》った。

「当社では、総合職でも課長になる適齢期は三十三から三十五歳と言われている。二十九歳での三階級特進だ。嫉妬の対象になるが、それだけは覚悟してくれたまえ」

主任、課長補佐を飛ばしての昇進だ。

「呪い殺されるかもしれませんね」

「正式発表は、一週間後になるが、こういう話は、わしが人事部と調整に入った段階で、木原派を含めて、社内中に伝わるがね」

「わかりました。人事部と相談するのを二日だけ待ってください。その間に畠山さんに秘書課のコントロールの仕方を伺い、私なりに、一般職の仲間たちの協力を得たいと思います」

自分の味方は、一般職ＯＬしかいない。お乱れ会の仲間たちには、共通したところがある。

羨望はしても、その対象を嫉妬はしない。そんな感覚の持ち主ばかりなのだ

（彼女たちは、絶対助けてくれる）

「ひとつだけ、気になるのですが、現在の黒川課長には、この話いつなさるのでしょう」

毎日顔を合わせているのだ。気になるところだ。

「そりゃ二日後に、内示を出すことにするよ。後任はきみだと伝えるのもその時になる」

「聞いてはいけない質問だと思いますが、黒川さんの転属先は？」

秋山の顔に、苦笑が混じった。それは本当に聞いてはいけないことだよ、と顔に書いてあったが、美恵子に背中を向けて、永田町の方を向いたまま、答えてくれた。

「たぶん、辞めると思うので教えてあげよう。北急ストアの南神奈川店に出向させる。

野菜の仕入れのノウハウを学んでもらおうと思う」

「エージェンシーの秘書課長が、ストアで野菜の仕入れですか？」

「あぁ、これからはグループ人事も活発にしたいと思う。福岡君は、十年後に北急百貨店で、婦人服売り場を任されるのはいやかね？」

「いいえ、喜んでやります」

「そんなふうに人事交流を図りたいと思っている。逆に電鉄の運転職や車掌職の中にも、エージェンシーで広告に携わりたいと希望している者も多そうだ」

「それ、最高ですね」

お乱れ会の中でよく話していることだった。たまに百貨店やストアの最前線に出てみたいよねぇ、とか、建設現場って行ってみたいとか。もっともお乱れ会に参加するＯＬたちの狙いはいずれも「もっといい男はいないのか」であったわけだが。

「だろう。そういう転換期にあって、社内を一新したい。この写真はおそらく私を失脚させたいだけのものだから、すぐには拡散されまい。少し時間を稼ぎたい」

「わかりました。私、午後から本橋部長とアポを入れてあります。どう話しましょう」

美恵子は具体策を求めた。秋山は腕を組んで、少し考えこんだ。

「小林社長は、回復に向かっているようだと伝えてくれ。真実を言えば復帰は難しい」

「それだけだと、フェイクのようにも聞こえると思います。本橋部長が木原専務に伝えて褒められるようなネタがいいと思うんです。これＯＬの直感です。社員は、ドラマチックな話に夢中になりますから」

「なるほど。上手いことを言う」

秋山が振り向いた。活気を取り戻した表情だ。

「それじゃぁ、小林社長は、この際代表権のない会長に、私は、副会長に身を引くことになったというストーリーはどうかね」

「覗き見したくなるストーリーですね。社長の椅子は誰の手に？」

「木原君たちがどう出てくるのか楽しみだから、ホールディングスから天下りがあるという説はどうだろう。例えば創業家である三島《みしま》家の次男が社長に収まるとか。まったくありえない話なんだがね……」

創業家の次男三島昇次郎《しょうじろう》は、現在四十八歳。『北急ホテルニューヨーク』の社長を務めている人物だ。

北急グループでは、創業家のアドバンテージが特に強いということではない。実力主義をモットーにしており創業家が必ずしもグループ総帥に就くとは限らない。事実現在の総帥は創業家の出身ではない。

だが。やはりそこは王家のような存在である。長男三島清太郎《せいたろう》は、現在北急電鉄の常務。政界への転出が噂されており、次男が将来の総帥になるのではないかと評論家たちは言っている。ライバルグループのホテル名のようなので、決して北急ではそういう呼び方はしないが、三島昇次郎こそまさに北急の「プリンス」なのである。

「それ、ＯＬたちが飛びつくネタですね。なんか王家の世襲みたいで」

「それがないのが、北急の強みなんだか」

秋山は複雑な表情を浮かべた。

「話としてリアリティがあればいいんです。私、その噂、本橋部長に吹き込み、社内に噂として流します」

美恵子は胸を張った。

「福岡君。それ根も葉もないことなんだよ」

「根も葉もない噂に華を咲かさせるのが、ＯＬでございますよ」

美恵子は「おほほ」と笑いそうになった。

お乱れ会の仲間に事情を話して、協力してもらえば、この噂、たちまち広がる。幸い当事者は海の向こうだ。

秋山が正式に社長に収まるまでの時間稼ぎには、ちょうどいい「期間限定」の噂になる。

美恵子は副社長室を出て、軽やかな足取りで第一営業部に向かった。

4

中川は、父親の経営する『エンペラーイン市ヶ谷』の一室にいた。

フロントで親族利用券を渡し、唇に指を立てると、担当者は媚びた笑顔を浮かべ、カードキーを差し出してきた。

このホテルの親族であるということは、綾乃には、おくびにも出していない。あくまでも国税庁の関係者で通している。

「身体の関係が出来たからといって、秘密が永遠に隠蔽されるとは思えないわ。あなたの気が変わったらそれまでじゃない」

綾乃のことはすでにベッドの上で裸にしていた。さして抵抗はされなかった。

「大丈夫。女将がベージュのブラとパンツを穿いていたことは、決してばらさない」

綾乃の両足首を肩に乗せながら言った。

眼下に女の秘境がダイナミックに拡がった。縦一文字に刈り上げられた漆黒の陰毛の下に、薄茶色の亀裂が見えた。亀裂の隙間から、わずかに紅色の陰唇がはみ出している。

「その件はばらしても構わないわよ、どうぞ吉粋の女将は野暮《やぼ》ったいベージュの下着をつけていたと、言って歩けばいいでしょう」

「まぁまぁ、そうむきにならないで。男は下着じゃなくて、その中身にしか関心がないんですから」

中川はわざと蓮っ葉《はすっぱ》な言い方をして、綾乃の両足首を持ったまま、左右に拡げた。

「大開脚っ」

掛け声をかける。綾乃の身体は柔らかかった。脚を左右共に六十度ぐらいまで拡げても、ぜんぜん余裕だった。

ただし股の割れ目は、ぱっくり開いた。亀裂が広がり、中からハート形の花が現れる。たっぷりと濡れていて、むんむんするような発情臭が湧き上がってきている。

ハートの花びらの上からは女の尖りが顔を出していた。大粒だ。

綾乃は突然見舞われた災難に困惑しながらも、女としての欲望は無視できなかったようだ。不機嫌を装いながらもホテルに入り、服を脱いだのがその証拠だった。

「とりあえず、挿入します」

中川は、固ゆで卵のようになっている亀頭を挿し込み、粘膜の通路をむりむりと分け入った。

「とりあえずっていう言い方が気に入らないわ。私を落とそうと一千万単位のお金を口にする人もいるのよ」

綾乃が美貌を歪めながら言う。

「女将が金で転ぶような女じゃないことぐらいは百も承知だ」

中川はずいずいと肉の弾道を滑り込ませていった。

「あぁあああ。若いのに生意気な口を利くのね。でもいいわ。あなたのシンボル、凄く新鮮」

綾乃が、かすかに腰を打ち返してきた。実際のところは、飢えていた。中川はそう読んだ。

「ねぇ、女将。商売のことばかり考えていたのでは、ストレスが溜まるでしょう。まずは一回、さっぱりしましょう。いっちゃってください」

中川は盛大に尻を跳ねあげ、肉弾道を、膣壺から出したり埋めたりした。ときどき腰を回す。美恵子に『Ｃｈｏｏ　Ｃｈｏｏ　ＴＲＡＩＮ』のイントロの腰つきと評された動かし方だ。頭の中に踊りの映像を浮かべながら、尻を回す。

「ふわっ。なんか凄く気持ちいいっ。こんな回し方する人いないわ。それにあなたのってすごく硬い」

綾乃が首に筋を浮かばせながら、かすれた声で言う。

要するに、若い男とは最近していないということだ。中川の見立ては当たっていたようだ。

一気に極限に導くべく、フルスピードの前後運動に変えた。

「あっ、ひっ、いいっ、とても、いいわ」

綾乃の声が一際甲高くなる。両手を中川の背中に回してしがみついてきた。膣壺が、きゅっ、きゅっ、と窄まる。

「んんんっ」

中川も息が上がってきた。抽送している男根の尖端が重くなってきた。精汁が充満してきた証拠だ。

仕事を急ぐことにした。

一番深い位置に刺したところで、動きを止めた。ピタリと止める。

「はぅううう」

綾乃が、切なそうに声を上げた。それでも動かない。

「北急エージェンシーの木原専務は何を企んでいる」

ズバリ聞いた。

「ただの政界への迂回融資だけじゃないだろう」

ダメを押すようにもう一度聞くと、綾乃の視線が宙を這い出した。

「そんなことを言わせて、私だけ破滅させられたらたまらないわ」

まだ、のぼせ切っていないようだ。中川は軽く動かした。子宮を押し伸ばすように突いてやる。

「あっんっ、いくっ」

綾乃は総身を痙攣させた。すぐに止める。ずるずるずる、と亀頭を引き上げる、膣路の入り口のところで止める。雁首《かりくび》が入り口に引っかかっているような状態だ。

「いやっ、抜かないでっ」

「木原の魂胆は？」

「保証を」

綾乃は、縋るような視線を向けてきた。

中川はベッドサイドにおいてあるスマホを手に取った。撮影モードにする。撮影を開始した。動画だ。お互いが繋がっている様子を撮影する。

双方に顔もフレームに入れる。その様子をリピートして綾乃に見せてやる。

「な、なにをするの。このうえハメ撮りをして、私を脅すつもりなの」

綾乃が跳ね起きようとした。

「女将も俺の顔を撮れ」

スマホを渡す。

「お互い、流出したら困る動画を手にすれば、どちらも逃げられなくなる。どちらかが裏切ったら、この動画を流せば、相手は破滅する。それがある限り、さっきホテルで録音した会話も外に出ないということだ」

「あなた、いったい何者なの？」

綾乃も

「将来有望な男であることは間違いない。俺は中川慎一郎。このホテルチェーンの跡取り息子だ」

「うぞぉおおおお」

綾乃は両手を口に当てた。

「それほど驚くことじゃないだろう。いまは北急エージェンシーに勤めている。木原派とは相容れないひとりだ」

「そ、それを先に言ってくれれば、すぐに協力したのに」

綾乃は意外な言葉を口にした。

「どういうことだ？」

今度は、中川が聞く番だった。

「エンペラーインに入った時点でいやな予感がしたのよね。この男根、憎たらしいわ」

綾乃は中川の尻山に手を回してきた。ぐっと押される。ずるっ、と亀頭が入った。

「料亭吉粋の最大のスポンサーはあなたのお父様。私、正真正銘の愛人ですけど」

「えええええっ」

中川は腰が引けた。文字通り引いて、早くここから引き揚げたかった。

「オヤジと愛人をシュアなんかしたくない」

「だめっ。まずはやってからっ」

綾乃が跳ね起きて、中川の胸を押した。中川は混乱したまま背中から落ちた。騎乗位の体勢を取られた。

「はぁ〜ん」

綾乃が歓喜の声を上げて、尻を振りだした。ぴっちり肉棒を咥え込んだまま、まん面を揺さぶってくる。中川の恥骨に女の突起があたり、猛烈に擦り込まれてくるのを感じた。

髪を振り乱し、両手で乳房を揉みながら、狂乱はしばらく続いた。

「まだ、出しちゃダメよ。お父様は辛抱強いのよ。跡継ぎなら、意地を見せなさい」

完全に主客転倒だった。綾乃は何度も何度も、昇天したに違いない。

「いっくぅうう」

「もうだめだ、出るっ」

中川は綾乃の膣内に、盛大にぶちまけた。


「木原専務は、北急エージェンシーと雷通で合弁会社を作るつもりよ」

情事の後、綾乃が語り始めた。

「どんな会社を?」

中川はペットボトルの水を飲みながら訊いた。

「共同でメディアバイイングをする会社ですって。最近、広告業界では、流行《はや》りなんでしょう」

「確かに流行りだ。クライアントは競合しても、テレビ局の電波枠を争うのはもはや意味がないからね」

だが、と中川は続けようとして、また水を飲んだ。

続きは心の中で呟いた。

これは雷通の方が有利過ぎる。これまでは手が出せずにいた巨大企業群である北急各社の媒体取り扱いを一気に手に入れることが出来るのだ。

「木原さん、北急エージェンシーの社長を三期やって、そのあと合併会社の社長に就任することで、話が進んでいるようよ」

「自分の都合だけで、会社を売り飛ばそうとしているわけか」

「それには、小林社長と秋山副社長が邪魔くさいと言っていたわ。あのふたりは北急の保守派だって。秋山副社長の行動は、逐一秘書課の黒川さんから木原さんに伝わっていたのよ」

謀略の全貌が見えてきた瞬間だった。

同時に秋山副社長が、秘書を一般職から登用した事情も理解できた。

5

「秘書同士はみんな姉妹のようなものよ」

畠山洋子にスカートの奥に手を突っ込まれて、美恵子はたじろいだ。

西麻布の小洒落たイタリアンレストラン。

副社長の秋山真人が予約し、店側に、支払いは自分に回すようにと伝えてあったので、気兼ねなく高級ワインを楽しむことが出来た。

秋山副社長をはじめ、各役員の人柄と、その秘書たちの特徴を教えてもらった。課長の黒川は、秘書たちからは全く信用されていないことも聞いた。

黒川は、秘書課長としての立場を利用して、各役員のスケジュールを詳細に把握しては、それを木原に注進しているのだという。

洋子は、ある時からそれに気づいて、秋山と組んで、ダミーのスケジュールを黒川に渡していたという。

ふたりは個室にいた。四人掛けテーブルだった。

コース料理が終わり、エスプレッソとデザートが置かれた直後だった。向かいに座っていた洋子が、いきなり美恵子の真横の席にやって来て、スカートの中に手を挿し込んできたのだ。

「ひっ」

焦ったものの、抵抗するのもどうかと思った。

洋子は、タイトスカートを捲りあげてきた。

美恵子は、薄い茶色に格子柄のパンストを着けていた。太腿はもちろん、股底までが丸見えになった。内腿に手が伸びてきて、徐々に股間へと進んでいく。

美恵子は額に汗を浮かべた。股をくいっ、と開かされた。

「洋子さん、そっち系ですか？」

美恵子は、股を拡げたまま確認した。

「両刀」

「あの、ここで、股開かないと、私、失格ですか？」

女には、まだ触られたことがなかった。洋子にはこれから後ろ盾になってもらいたいが、身体の関係となると、どうしたものかと、気持ちは揺れた。いっそ秋山とそういう関係になったほうが、自分としては気持ちの整理がつきやすい。

「無理強いはしないことにしているわ。福岡さんが、ストレートなら、それはそれでいいの。でも現時点で、当社の秘書は全員女性だから、その気持ちを摑むには、女同士の気持ちよさも、知っていた方がいいと思うの。それが男の課長よりもよかったと思われる秘訣だわ」

ソフトタッチでセンターシームの上をなぞられた。女の船底の下から上へと指が上がって来る。

「ここでしょっ、クリ」

チョンと触られた。狙いはぴったしだった。尻の裏にめがけて快感の電撃が走る。膣壺の奥に潜む欲情の焔《ほむら》がぼっと燃え上がったようだ。

美恵子は、腰をガクガクさせた。

「こっち系の才能もあるみたい」

パンストとパンティの上から女の突起部分をやわやわと押された。男の強い押し方と違う。吹き出物にクリームを塗るような感じで、動かしてくる。

秘孔からごく自然にトロ蜜が溢れ出て、パンティの裏側が湿ってきた。

「私のおっぱい揉んでみて」

左手を取られて、洋子のバストの上に置かされた。ベージュのビジネススーツの上からでも、そのバストの豊満さが充分感じられた。

同性の胸に触るのも初めてだった。

「ブラの上からだから、ぎゅっと、揉んでいいわよ。私、ハードなのが好きなの」

と言われても加減がわからない。

「これくらいですか？」

美恵子はやわやわと揉んだ。リンゴを握る感じだった。

「うーん。もっと強く。秘書は気が強い子が多いの、時には、きつく押さえつけないと、つけ上がってくるわよ」

そういう指導も兼ねているということか。しかし加減がわからない。男の陰茎を握る強さはわかるが、女のバストの揉み方はわからない。

そのとき個室の扉が開いた。

美恵子は、びっくりして太腿を閉じようとした。洋子がそれを阻止するように、両手でガバリと開いた。

「こんばんわぁ。洋子、遅くなってごめんっ」

「待ってました。架純姉さんっ」

入って来たのは社長秘書の志田架純だった。

(なんてこった)

美恵子は身震いした。秘書課の名花と呼ばれる四十二歳の美熟女だ。秘書課に配属になってから何度も顔を合わせているが、その凜とした雰囲気から、近づきがたい印象を受けていた。

「秘書の連中を束ねる特訓というから、飛んできたのよ。福岡さんとは会う約束を交わしていたけど、早いほうがいいでしょう」

架純が目の前の席の椅子を持って、美恵子の横に座った。洋子とは反対側だ。美恵子は挟まれる形になった。

「志田さんまでが、恐れ入ります」

美恵子は恐縮した。が、股を開いたままだったので、恐縮している気持ちが伝わったかどうかは、定かではない。

「女が女を仕切るには、ひとつ優しく、ふたつ冷たくよ。そのコツを知っていれば、たいていのことはコントロールできる」

架純はそう言い、美恵子のビジネススーツのボタンを開いてきた。

「心を開かせるときは、こんな感じで優しくね」

シャツのボタンをひとつずつ外される。

「いや、あの」

美恵子は目を瞬かせ、身をよじったが、心の片隅で、されるがままにされてみたいという気持ちが働きはじめていた。

志田架純と畠山洋子のふたりが持っている、陽気なオーラのせいだ。

「福岡さん、おっぱい大きいのね。あら、乳首もピンピンしているわ。同性を叱るときはこうするの。最初呼び出したときは、ちょっとおだてて、相手が自分から白状するように仕向けるの」

乳首を指先で転がされた。

「あっ、あはっ。んんんん」

男に触られるのとは別次元の、むず痒いような快感に襲われた。

たしかに、おだてられている気分だ。こんなことされたら、なんでも白状する。

気が付けば、畠山洋子の手がパンストのうわ縁から挿し込まれてきた。茂みを掻き分け、柔らかい部分にしのび込んでくる。

うひゃ、はひゃ、あふっ。

「それでね。ミスしたのに、惚《とぼ》けたり、素直に謝らない場合は、がつーんとやるの」

いきなり乳首を強く摘まれた。

「いやぁ〜ん」

疼きの電流が背中から尻に向かって落ちる。

次の瞬間、洋子の指が、ずるっと秘孔に潜りこんできた。

「うわぁぁあああああああああ」

一気に極点を見せられた。

「ねっ、こうするのよ。身体で覚えた方が、いざというときに思い出しやすいものよ。いいわね。ふたつ優しく、ひとつ冷たく」

「ぁあああああっ」

架純と洋子に乳首と膣壺を翻弄され、美恵子はまたすぐに昇天させられた。女のウイークポイントを知り尽くしたふたりの指は、それから美恵子の身体のあちこちを這い出した。

「り、理解しましたぁ。もう、理解しましたぁ」

胸をはだけ、股を開き、しまいにはパンストとパンティを下ろされて、秘肉がとろとろにふやけるほど、可愛がられた。

美恵子はくたくたになり、椅子にもたれたまま、焦点の合わなくなった視線を虚空に彷徨《さまよ》わせていると、突然、目の前で架純と洋子がキスをし始めた。

美恵子の顔の前で、舌を絡め合い、唾液を啜り合う音を立てている。

ふたりはキスしながら、それぞれシャツの前をはだけ、双乳を露出していた。どちらも負けず劣らずの巨乳だった。乳首は洋子の方が大きく、乳暈《にゅううん》は架純の方が広かった。

どちらからともなく手が伸び、互いのバストをまさぐりだした。キスをしている口から涎《よだれ》が垂れてきて、美恵子の乳首にあたる。ぴちゃっ。

「はんっ」

「小林社長の容態は？」

洋子が聞いた。

「おっぱい舐めて」

架純が返す。

美恵子の裸乳の前を洋子の横顔が通り過ぎ、架純の乳首を吸った。

「もって二十日ね……あぁあ、洋子。気持ちよすぎる」

トップシークレットの情報だ。洋子のバストが美恵子のバストに何度もぶつかった。ときおり乳首同士が触れ合う。意図せぬ触れ合いは意図的な擦れ合いより三倍は感じる。美恵子は気が遠くなり出した。

「臨終が間近だと、知っているのは？」

洋子は乳首を舐めながら、架純の股間に手を入れている。熟れたメロンのような、おまんこ臭がプンと匂う。

「社長の娘さんと、私だけ」

乳首を舐められて、蕩《とろ》けるような表情をしていた架純が、そのときだけ美恵子を見てキッと眦《まなじり》を吊り上げた。その眼が「その日からあなたが社長秘書よ」と言っていた。

ふたりは、美恵子を挟んだまま、愛撫をエスカレートさせ始めた。美恵子のウエストの辺りで双方の腕がクロスし、女の花を触り合う。それが延々と続いた。

美恵子はその場で猛然とオナニーを始めた。

レストランが朝まで貸し切りだったとは、知らなかった。

いつしか、ふたりの指が交互に美恵子の秘孔をピストンしていた。

「三姉妹ね」

洋子に囁かれ、美恵子は喘ぎ声を上げながら、何度も頷いた。

第五章　嫉妬力

1

「専務、これ、どういうことですかっ」

沢村絵里香は、ノックもせずに専務室に飛び込んだ。

レモンイエローのフレアスカートを翻《ひるがえ》して進む。頭に血が上《のぼ》っていた。

「なんだね。朝っぱらからアポ取らずに入ってくるなんて」

木原誠二はデスクの前のソファに座り、葉巻を吹かしていた。

社内はいずこも禁煙である。それは社長室であっても同じなのだから、専務室とて当然禁煙のはずだ。

紫煙の向こうにいる木原を見て呆気にとられた。

もう開き直っているとしか思えない。

「理由は聞かずともわかっているはずです」

絵里香は、尖った声を上げた。

木原はねめつけるような視線を寄越した。不機嫌なのはこっちだ。

「新秘書課長は、一般職の二十九歳ってどういうことですか」

絵里香はたったいまプリントアウトしてきた人事辞令一覧表を握っていた。

一名の昇格と五名の配置転換が記されている。

五名中ひとりは、北急ストアへの出向だった。

「どういうことって、そこに書かれている通りだ」

木原はふたたび葉巻を吸い込み、大きく吐いた。入道雲のような煙が上がる。

「同期で課長は私が一番のはずだったじゃないですか。人事はそもそも四月が定例じゃないんですか」

絵里香は声を荒げた。

「副社長秘書の畠山君の退職に関連する玉突き人事だ。総務本部は、俺の管轄じゃないから何も言えんよ」

木原は魂《たましい》の抜けたような眼をしている。

「黒川さんが北急ストアへの出向って、これっていやがらせ人事じゃないですか」

黒川は木原派だ。秘書課にいることで木原派の重鎮的存在であった。その情報の要《かなめ》を抜き取られたのだ。

「だから、秋山さんが、黒川の上の総務本部の松尾《まつお》常務に話をつけてしまったんだ」

松尾賢次《けんじ》は中立派だ。秋山と同じ六十歳。

ただし、三年後に木原が社長に就く際には、名誉職である三島美術館の館長に就くことがすでにグループ本体での決定事項となっているので、木原としても特に攻撃を仕掛けることはせずにいた。

「専務、この話、いつ頃から知ってらしたんですか？」

「一週間前だ」

「どうして、すぐに私に教えてくれなかったんですか」

絵里香は、人事辞令の用紙をローテーブルに向かって投げ捨てた。

この一週間の間にも自分たちは、二度も九段下のホテルで密会をしていたのだ。どれだけこの男の陰茎をしゃぶり、オナニーを見せたことか。そうでもしないと先週は勃起しなかったのだ。

ふと、そこに思考が巡ったとき、木原が勃起しなかった理由はこれだったのかと合点がいった。

「おまえが知ったら激怒するのはわかっていた。だから言わなかった」

「そんな。私、雷通から玉忠製菓のキャンペーンを横取りして期内の売り上げを嵩《かさ》上げしようとしていたんですよ」

スワップだとは言わなかった。とにかく三月までの売り上げを嵩上げすることが課長への早道だったはずだ。

木原はそのことに反応を示さなかった。それどころではない、という顔だ。

「年下の女性社員に課長の座を奪われたら、おまえ、じっとしていられたか？　嫉妬に狂って、喋りまくったろう。そしたらよけいに小林派の思う壺になる。人事が漏れた原因を探し、俺に行きついたら、ふたりとも終わるんだぞ」

木原はスパスパと葉巻を吸った。相当苛立《いらだ》っていることはわかる。絵里香は少し冷静になった。

「黒川さんには？」

自分よりも悲惨な目に遭っている黒川の心中を推《お》し量《はか》った。

「黒川は、辞令が出た日に辞表を出すと言ったが、俺が押しとどめた。とりあえず辞令を受けて、北急ストアに行ってもらう。一年辛抱してもらおうと思う。その間に、俺がグループ内のどこか連携出来るポストを見つけるさ。北急映画とかな」

「秋山さんが社長になったら、それも不可能になるのでは？」

人事は時の権力者になびくきらいがある。

「いや、次期社長は秋山さんではない」

木原は断言した。葉巻を灰皿の上で揉み消して、立ち上がった。眼が突然、ギラついた。何かを思いついた顔だ。

「そ、それは？」

「別の要素が入った。社長の交代には。もう少し時間がかかることになるだろう」

木原が、ふと考えるような顔して、近づいてきた。絵里香の脇を通り過ぎて、扉の方へと進む。ノブの上にあるロックを下ろした。

「ひょっとしたら、おまえならこの情報を探れる可能性がある」

「どういうことですか」

「絵里香、とりあえず俺の机の前に進め」

「えっ」

「いいから机の前に立って、尻を突き出せ」

「ここで、いまからですか？」

「すぐにやれ」

「はい」

あまりの強い言葉に、絵里香は従った。木原は時に豹変する。苛立ちが極限に達したときに、性的に昂《たかぶ》り、突然発情するのだ。

自分も似た性質を持っていた。嫉妬で昂っていた。社内メールで、人事辞令を読んだ瞬間から、妬《ねた》みで女の洞穴の奥が、ぼうぼうと燃え上がっている。

絵里香は木製の執務机の前に進んだ。木原に言われた通りに両手を突いて、ヒップを差し出した。

「スカートも自分で捲れ」

言いながら木原は、ズボンのベルトを緩めている。すっと、ズボンがずり落ちる音がした。

絵里香はスカートを捲った。

まさか、午前中から下着を見せる事態になるなどとは思っていなかったから、地味なナチュラルカラーのパンストに、白地に赤のボーダー柄のコットンパンツを穿いていた。

正直かなり野暮ったい。

上下が違う下着を着けていること自体が恰好悪いではないか。

「しばらく、誰も入れるな。第二営業の沢村課長補佐から、玉忠製薬のコンペ戦略の説明を受けている。雷通を出し抜く打ち合わせだから、三十分は誰も入れるな」

木原が内線用のＰＨＳで秘書に連絡した。

「声は出すな。挿入されながら、黙って聞くんだ。声なんか上げるなよ」

耳もとでそう囁かれると、とてつもない昂りを覚えた。

「お互い、頭に昇った血を、股から出してしまおうや」

確かにその方がいい。

「わかりました」

絵里香は、自分でパンストの股底をビリビリと破り、コットンパンツのクロッチを脇にずらした。紅い秘裂が、にゅわっと顔を出す。秘部は勝手に準備を整えたようで、とろとろに濡れそぼっている。

「入れるぞ」

亀裂の下の方に肉の尖りが当たった。軟茎気味だったのが嘘のように、今朝はかちんこちんに張り詰めていた。

そのまま直進してくる。肉襞《にくひだ》を掻き分けるようにして、勢いよく進んできた。

「あふっ」

絵里香は呻いた。目の前にあるデスクトップ型のパソコンの背中に吐息がかかる。

「だから声を漏らしちゃいかん」

禁止事項があれば、よけいに淫気が秘壷に溜まるのが女の性《さが》だ。

（あんっ、いやっ、凄く感じる）

絵里香は片手で口を押さえながら、胸のうちで喘いだ。

木原が、バストにも手を伸ばしてくる。濃紺のジャケットのボタンを外し、シャツに手をかける。絵里香は振り向いて、木原の耳に、切れ切れの声で囁く。

「お、おっぱいは出さないで。おまんこと違って、すぐには隠せないわ」

性器の俗称を口に出したとたん、膣層にある男根はさらに漲《みなぎ》りを見せた。ビクンビクンと跳ねている。

「大丈夫だ。真ん中のボタンを三個外せば、手を挿し込める」

木原は努力の男だ。どんな逆境にあっても、自分の願望を引き寄せようとする。エッチの最中でも同じだ。

上手く外したシャツの間から、両手を突っ込んできた。ブラジャーのアンダーをずり上げようとしている。

「だめっ。バンドが伸びちゃう。手はカップの上から入れて」

絵里香は絵里香で応酬した。触るのも、挿入するのも否定はしない。だが、オフィスエッチにはそれなりの作法というものがある。そこは女性社員がリードするべきだ。男は遮二無二《しゃにむに》過ぎる。

「おぉ、悪かったな」

木原は、カップの上から双乳に手を挿し込んできた。ゴムボールを握るように、むぎゅむぎゅと揉まれる。手のひらの中央に尖り切った乳首が当たっていた。絵里香は自分から擦りつけようと、胸を張った。紅い乳首がよじれ、ビンビンと快感が駆け上がってくる。

「はふぅ」

自然に顎が上がった。

北急ビルディングの遥か上空を飛ぶ飛行機が見えた。都心の空を自由に飛んでいるのは大方米軍機だ。青空をゆうゆうと東から西へ向かっている。

「あんっ、ふはっ」

木原が、ピストンを繰り出してきた。身体のバランスが崩れるとともに、平常心も失われていく。

（おっぱいもおまんこも紅い粘膜が、どんどん、敏感になっちゃう）

男根の出し入れが激しくなるとともに、膣壷も絞り込まれた。膣の粘膜全体を使って、木原の陰茎をしゃぶりつくしたくなる。

「ふはっ、大きい。今朝はとっても大きい、んんんっ、気持ちいい」

とうとう声が漏れ出した。

着衣のまま、乳首を尖らせられ、秘孔を抉《えぐ》られる快感こそオフィスエッチの醍醐味ではないか。

脳の中で、この状況を見ているもうひとりの自分がいる。

父親ほど歳の離れた男に背後から抱きすくめられ、股間を貫かれている女の像が浮かんだ。エロティックな映像だ。

全身がざわめき立ってきた。淫気が毒のように身体中を駆け巡っている。来るっ。

そう感じた。股の間の秘密の穴が、木《こ》っ端《ぱ》微塵《みじん》に爆発してしまいそうな衝動だ。蜜が四方八方に飛び散っている。

「創業家から、社長が降ってくる」

腰をカクカクと振っていた木原が、唐突にそんなことを言い出した。

膣の壁が沸々とざわめき立っているときに言われても、意味がわからない。

「あんっ、いきたい。まず、いまはいきたいの」

「ここは会社だ。仕事の話をするところだ」

「挿入しながら、言わないでください」

「お茶飲みながら打ち合わせするだろう」

「おまんことお茶を一緒にしないでください」

木原がピストンの速度を緩めた。

「三島家の次男、昇次郎が帰国してエージェンシーの社長に座るそうだ」

「えっ？」

膣壺が、きゅるると窄まる話だ。

「どこから、その話が……」

「政界筋と、財界筋の両方だ。永治製菓の北浦さんも、吉粋での財界懇談会で聞きつけてきたそうだ」

「嘘。そうなったら、小林派も木原派もないわ。人事の総入れ替えもあり得るじゃないですか」

「各部の部長たちもそんなことを噂し合っているようだ。ただし、まだ噂の段階だがな」

このところ、雷通の上津原と内密の打ち合わせを重ねることが多く、社内事情をチェックするのを怠《おこた》っていた。絵里香はそんな噂に接していなかった。

膣壺の中に、あらたな嫉妬の蜜が充満し出した。

「噂だけでも、木原派の統治能力《ガバナビリティ》は一気に低下するわっ」

絵里香は、動きが止まっている木原の男根を、みずからしごくべく尻を前後に動かした。木原の赤銅色の肉筒が、しゅぽっ、しゅぽっ、と音を立てて出没している。

「三島昇次郎のスキャンダルを掴め。男なら必ず、浮いた噂があるはずだ。それを掴んでマスコミに流すんだ。そうすれば、北急ブランドにも傷がつく」

「雷通との合併がしやすくなるってことね」

「そうだ。雷通との話も急がねばならない。いまさら創業家などにしゃしゃり出られてたまるか。俺は二十年掛けて、乗っ取りを企んできたんだ」

木原は猛烈に腰を振りだした。ぱんっ、ぱんっ、と土手と尻山が当たる音は部屋中に響いた。

「あぁあああああ」

怒濤のように押し寄せる快感に、膣の壁が引き攣った。思わず爪先に力が入る。嫉妬に狂った絞りこみ力はハンパない。

「おぉおお。怒りが出るぞ」

木原が喚《わめ》いた。

「うぅうう、出して、私の中に怒りをいっぱい出して」

絵里香も打ち返す。膣壷に淫気が充満する。絵里香は空を見上げた。東の空から新たなジェット機が飛来してくるのが見えた。大きさからして戦闘機だ。

「あぁあああああ」

膣が窄まった。

「おぉおおおっ」

木原の肉の尖端が開いた。

ジェット機が急に速度を上げて真上に上昇した。それと同時に木原がしぶいた。

「んんんっ。いくっ」

絵里香は、前に倒れた。木原のパソコンを押し倒す恰好で、顔から落ちた。オルガスムスの狂乱の中で、絵里香は思った。

嫉妬や怒りがエネルギー源になる場合もある。

(私は、いつもそれを糧《かて》に前進してきた)

一般職のOLなどに負けてなるものかと、ふつふつと闘志が燃え上がってきた。

「いつもの、トップ屋をつかえ」

木原はそう言いながら、男根を引き抜いた。声に冷静さが戻っていた。

2

絵里香は、午後、銀座五丁目の北急プラザで新しいパンストとパンティ&ブラセットを購入した。すぐにトイレで装着し直し、間山政経書院へと向かった。

間山政経書院は新橋駅前の古いオフィスビルにある。十二月にしては暖かな日和《ひより》だったので、絵里香は銀座通りを歩いていくことにした。

新しい下着を着けた日は、その方が身体に馴染む気がした。特にパンティのクロッチは、少し動いたほうが、割れ目との相性がよくなる。そんな気がするだけだ。

新橋駅のSL広場に面したビルに入った。一階には金券ショップが居並び活況を呈している。いかに景気が浮揚しようとも、前政権の間に沁みついた節約志向はそうそう変わるものではない。新幹線も歌舞伎も、いくらかでも安いチケットが手に入るのならば、それに越したことはない。

名刺印刷店、印鑑専門店など見える。いずれも即席が売りだ。それだけすぐに必要とする客が多いということだ。

パクリ屋。整理屋、地面師らの事務所が界隈に無数にあると言われているので、そうした人々の需要が多いのかもしれない。

歌舞伎のチケットの安売りはないかと、なにげにウインドウを覗いていたときだった。

「お姉さん。銀座でいい店あるよ」

ドスの利いた声をかけられた。スカウトマンだ。絵里香はよく声をかけられる。

「なんなら、こっちでもいい。手っ取り早く稼ぐんなら、こっちだ」

男は手筒を作って、上下に振って見せた。ヘルスかピンサロで働かないか、という意味だ。

そんなとき、絵里香は、落ち着いた声で切り返す。

「私、九階の間山政経書院を尋ねるんですが。ご存知ですか？」

すぐに男は顔を引き攣らせた。

「いや、失礼した。聞かなかったことにしてください」

いきなりポケットに手を突っ込み、しわくちゃの一万円札を引き抜き、絵里香に握らせた。すぐに踵《きびす》を返して逃げていく。

間山道山が、いかに闇社会の実力者であるかがわかる。

結局、海老蔵の芝居の格安チケットはなかったので、そのままエレベーターホールへと向かった。エレベーターそのものが昭和の香りに包まれていた。なにやらヘアトニック臭いのだ。

絵里香は息を止めたまま九階に上がった。

ワンフロアに二十五社がひしめいている。弁護士事務所や税理士事務所が多い。なぜか理容院もあるから不思議だ。

インターホンで来意を伝えると、すぐにロックが外される音がした。絵里香は、扉を開けて中に進む。

この事務所に入るのは、都合五回目となる。室内は議員会館のようだ。

手前の部屋にスチール机が四個、向かい合わせに並べられている。そこで事務員たちがパソコンに向かっていた。

奥が間山道山の部屋だ。

「木原の代理でまいりました」

「どうも、沢村さん。いらっしゃいませ」

スチール机に座っていた男のひとりが、立ち上がって会釈をする。柔和な笑顔を浮かべているが、素《す》っ堅気《かたぎ》ではない。スキンヘッドに口髭《くちひげ》の容貌が、この男のバックグラウンドをあらわしている。

「これ、お茶うけにどうぞ」

絵里香は、持参してきた紙袋を差し出す。スキンヘッドの男には似合わぬ、銀座ウエストのシュークリームの詰め合わせだった。

「ありがとうございます。会長が中でお待ちです」

番頭格にあたる鬼頭《きとう》という男が、奥の部屋の扉をノックし、絵里香が来たことを告げる。

「おうっ。パンツ脱いで入ってもらえ」

陽気な間山道山の声が返って来た。

「先生、靴は履いたままでいいんですよね」

絵里香も混ぜ返しながら入室する。

「おう、パンツだけ脱いでくれれば、それでいいぞ」

中に入ると、和風スーツを着た間山道山その人が、応接セットのひとり掛けソファに座っていた。巨漢である。冗談を言いながらも古武士のような殺気を放っているのも不気味だ。実際道山は古武道の師範でもある。

ソファの背後に金屏風が置かれていた。その横に鎧《よろい》を着た戦国武者の像。この手の仕事をしている人間たちに多い過剰演出である。

道山は、木製のステッキを膝で抱え、その把手《とって》の部分で手を組んでいる。

御年八十二歳になるはずだが、肌の色艶《いろつや》はいい。

禿頭《はげあたま》だ。あえてスキンヘッドにしているわけではない。ナチュラルなハゲ。それは巨大な亀頭に見えなくもない。

絵里香は道山と対面する形で、三人掛けソファに腰を下ろした。ローテーブルを挟んで向かい合った。

膝はきちんと閉じる。

膝下丈のフレアスカートなので奥が覗かれる心配はないが、それでもきつく閉じた。

「本日は、新たなお願いがあってまいりました」

早速切り出した。よけいな世間話は無用な相手である。

「その前に、わしも聞きたいことがある」

道山の眼光が尖った。元々好々爺《こうこうや》ではない。昭和の怪物と言われるスキャンダルメーカーである。何かを仕掛けては、揉み消し料を求める経済ヤクザと言った方がいい。背後には関東最大の反社会組織『新東会《しんとうかい》』がついてる。

「なんでございましょう」

絵里香は、首を傾げた。

「永治製菓の一件だが、第一回目の入金がまだだが？」

道山が口の端を歪めた。

「それならば、立花《たちばな》先生の方からお話があると思いますが。いろいろ迂回させていただくことになっておりますので」

絵里香は木原から聞いている通りの答えを返した。永治製菓の北浦がヤクザの女にうっかり手を出してしまったことに関する解決金である。

北浦の出世払いということで、木原が立て替えを引き受けている。木原に相談を斡旋してきたのは、吉粋の女将谷口綾乃だ。

「第二秘書の柚木君から先週末に電話があってな。選挙が近そうなので、しばらく待ってくれということだった。たしかに選挙時期に、うちに金を送るのは別の意味でまずいからな。わしらも痛くもない腹を探られたくはない。さりとて、わしも雇っている若い衆やら、囲っている女たちに、年越しの餅代ぐらいは渡さなければならんだろう」

道山は、ステッキの上で組んでいた手の上に顎を乗せた。絵里香のふくらはぎ辺りを見つめている。粘っこい視線だ。

その件については、まだ日東テレビの提供枠の購入が決定していない。フローするキャッシュがないのが事実だ。

選挙が近いという第二秘書の弁解は嘘だ。当面解散はないはずだ。

「当座、いかほど必要でしょうか？」

絵里香は訊いた。

「まっ、三つぐらいかのう」

三千万ということだ。

「お待ちください」

絵里香はすぐに木原にメールした。いまは、のんびり構えている場合ではない。なんらかの方法で払ってしまうことだ、と自分の意見も添えた。

「あの……」

スマホを抱えてメールを打っている最中に、道山のステッキの尖端が、すっと伸びてきた。フレアスカートの裾を捲られる。

（いやっ）

ふわりと太腿の上まで持ち上げられた。

道山が体勢を低くして中を覗き込んでくる。

太腿を寄せ合って隠したが、どうしても黒のレースパンティがパンストから透けて見えてしまう。

「そのままメールしなさい。なんだ、パンツ穿いているじゃないか」

「普通穿いています」

絵里香は尖った声を上げたものの、ステッキを払いのける勇気は持ちあわせていなかった。顔から火が出そうなほどの羞恥を味わいながら、メールを打ち、木原の返事を待った。

絵里香は視線の持っていき場がなく、アイコンが並ぶだけの無表情なスマホ画面を眺めていた。

「答えが出るまで、覗かせてもらおうかのう」

ステッキの尖端が、ピタリと閉じた膝頭のちょうど真ん中に入ってくる。膝を左右にぴしっぴしっと離された。

「いやっ」

股間の三角地帯をとうとう晒す。

「おまんこ臭いのう。とろけるチーズの匂いだ」

道山が鼻を鳴らした。不快極まりないのだが、どうしたことか濡れた。

そのときメール音がした。木原からの返信であった。絵里香はタップしながら膝を閉じたが、すぐにまたステッキでこじ開けられてしまった。ステッキの尖端がそのまま奥に伸びてくるのに驚愕した。

「あっ」

ソファと接しているくにゃくにゃしている部分に尖端を潜り込ませられた。秘裂を擦られた。

「へ、返事がありました。木原が直接流すそうです。どこか都合の良いフロント企業はございませんでしょうかと」

絵里香は上擦った声で、伝えた。

「そうだなぁ」

道山は思案している風だったが、ステッキの尖端を動かすのはやめなかった。次第にくちゅくちゅと音が鳴り出している。死ぬほど恥ずかしかった。

「ハニー企画にしてもらおう」

「どんな会社で。あっ、触ってもいいですが、強く擦らないでください。痛いです」

痛いというのは嘘だった。これ以上擦られると、ステッキの尖端に明らかに湿り気がついてしまう。もうパンツの中は、ぐしょぐしょなのだ。

「舞台製作の会社だ」

それなら払いやすい。

「イベント制作費の前渡金ということで、月末に振り込みます」

「明後日は無理かな？」

またくちゅくちゅとやられた。股の間は完全に柔らかくなってしまっている。疼いて疼いて飛び跳ねてしまいそうだ。

すぐにその旨、メールした。これから頼み事をするので、なんとかスムーズに出金して欲しいと付け加えた。五千万以下なら専務の単独決済で出金出来るはずである。めくるめく快感に、メールの文字は誤字脱字ばかりになっていた。それにしてもステッキの扱い方が上手い。先端を小刻みに震わせてくるのだ。

心の中で、あうっ、うわんっ、いくっ、と叫ぶ。

ＯＫの返事が来た。

「す、すぐに口座番号を教えて欲しいと。それといちおう会社概要を添付していただけないかと、木原が申しております」

初取引の相手なので決裁書に会社概要が必要になる。

「おうおう、すぐに木原さんに送る」

道山が、扉の向こう側に声をかけ指示を出した。鬼頭の返事が聞こえた。木原のメールアドレスを伝えた。

話が終わると、ステッキが、すっと引かれた。絵里香は、一時的に平静を取り戻した。

「それでは、そっちの話を聞かせてもらおう」

「北急ホテルニューヨークの社長、三島昇次郎のスキャンダルを探していただけませんか？」

絵里香は真正面から切り込んだ。

「北急エージェンシーが北急ホテルの社長、しかも創業家の御曹司を陥れようとは、これは、なんとも」

道山が大げさに両手を広げて、天を仰いだ。芝居がかった仕草だ。

「木原は、あたらしい財界の秩序を作ろうとしています。北急はもともと成り上がり企業ですが、いまは旧財閥系と同じように権威主義で官僚的な組織となってしまいました。打破するためには、木原のような徒手空拳《としゅくうけん》で出世してきた男による改革が必要なのです」

絵里香は熱弁をふるった。木原のためではない、すべて自分のための演説だ。勝つためなら、闇社会の力も借りる。政治家とて同じではないか。

「大仕事になるな。舞台はニューヨークだ。提携先と組まなければならない」

道山の視線が戻ってきた。

「手立てはあるでしょうか？」

「ないことはない。政治や経済の中心地には、かならず情報屋がいるものだ」

情報屋という言葉を使ったが、要するに闇社会のネットワークに属する者のことだろう。この男たちは、醜聞を嗅ぎつけるのではない。ハニートラップや儲け話を振って罠に嵌めるのだ。そこから強請《ゆす》りに入る。

間山道山がスキャンダルメーカーと呼ばれる所以《ゆえん》だ。

「何卒、よろしくお願いいたします」

絵里香は頭を下げた。

「これは、安い仕事と違うぞ。手付がいる」

「いかほど？」

「さっきの三本とは別に、五本だ」

「専務の決裁ではギリギリの数字です」

「ぎりぎりでも、出してもらわないと。こっちも真剣に動けない。現地の情報屋にも手付を奮発しないとならない」

足元を見られているのは確かだ。

「私が社に帰って木原を説得します。三日ほどお時間をいただけませんか」

絵里香は頭を下げた。

「女がわしらのようなものに頼み事をするときは、頭を下げんでいい」

「ということは？」

「パンツを脱いで、頼むのが筋やろ」

道山は微かに関西弁のイントネーションになった。

絵里香は、息を呑んだ。

「立って、パンツを下ろせや。ねえちゃん。出来ひんかったら、この話は終わりや。わしらは、いまの話、三島家に告げ口に行くだけや」

「そんなっ」

相手を甘く見過ぎていた。絵里香は、額に汗をびっしょり浮かべて、その場に立った。

3

「わし、踏ん切りの悪い女は好かんのや」

道山が、焦れたように、ステッキで床を叩いた。とんとんと二度叩く。脱げ、脱げと言ってるようだ。

「あんた、このまま帰りぃや」

「待ってください。脱ぎます、いま脱ぎます」

絵里香は、フレアスカートを捲り上げ、両手をパンストの縁に手をかけた。唇を嚙んで、一気に膝まで引き下ろす。羞恥の火の手が背中から脳天に燃え上がる。

「なんや、そのちまちました脱ぎ方はっ」

ステッキの尖端が宙に上がり、ビシッとローテーブルの上に振り下ろされた。

「おいっ、パンスト脱いでから、パンツを脱ぐ気か？　あんたぼったくりピンサロでもはじめるつもりかぁ？　ちゃっちゃとパンツも一緒に脱がんかいっ」

いきなり声のトーンが上がり罵倒された。やはり間山道山は極道の一員であった。ここに来たことを後悔したが、もはや後戻りできる状況ではなかった。

どっぷりこの男に浸かるしかない。

こうなれば、自分も闇社会を背に、社長にまで上り詰めるしかないと覚悟した。

「会長、ごめんなさいっ。気遣いが足りませんでした」

絵里香は一気に黒のパンティのストリングスに指をかけ、ずり下げた。ぬるりと股底が剝がれ、陰毛が露見する。

心臓の鼓動が一気に早くなった。空気が薄く感じられるほど、絵里香は正気を失っていた。

パンティも膝まで下りた。

「そこで止めろ」

「？」

ちょうど膝頭の位置で、パンティもパンストも両脚に橋のように渡っている恰好だった。

「もっとこっち来て、まん染みを見せろ」

「えっ」

しどろもどろになっていると、ふたたびステッキが伸びてきた。尖端で陰毛をなぞられた。微妙なタッチで恥骨を刺激された。

絵里香は、ローテーブルの脇を通って、道山の前に進んだ。両膝にパンストとパンティが絡まったまま歩くので、ずいぶん手間取った。

道山の前に立つと、ひっくり返っている股布を凝視された。秘部を開かれるよりも恥ずかしい。ソファに座っている道山は、頭《こうべ》を垂れた恰好で見ていた。

「ほう。ええ、まん拓や」

股布の裏側の当て布の上に、白い粘液がナメクジが這っているような形で、付着している。そこを道山はしげしげと眺めている。禿頭に汗がにじんでいる。スケベ汁に見える。

「もう全部脱いでええわ」

道山が視線を上げた。今度は陰毛を眺めている。

絵里香は、片脚を上げ、パンストとパンティを一緒に足首から引き抜いた。この瞬間、しばし女陰が道山の顔前に向き、ばっちり見られた。

もう一方の脚から引き抜くときも同じだ。

その瞬間を、道山は、じっと見た。股の奥がじんじんと疼いた。

「木原にいじられているおめこを開いて見せえや」

「はい」

道山が気が短いのはもう充分わかったので、もったいは付けなかった。恥ずかしくて恥ずかしくて、生きた心地はしなかったが、絵里香は両手で、大陰唇をくぱぁと開いた。

巻貝がこぼれ落ちるような錯覚を覚えた。

「ほう」

道山は嘆息し、濃紺の和風スーツの下を脱いだ。

「わしはノーパンやで」

道山のミニチュア版のような、ずんぐりむっくりした陰茎が現れる。まだ半勃起状態だが、それでもずいぶん大きい。鯰《なまず》のようだ。

「木原は、そこをどうやって愛《め》でる？　やってみい？」

「えっ？　私が自分でやるんですか？」

「そうや。わし、木原のやり方を知りたいんや。結構しつこい指の動きするんとちゃうか？」

言いながら、道山は自分の逸物をしごき始めた。

「はい」

はい以外の返事は返せない状況に追い込まれているのだ。絵里香は人差し指で花びらを愛でた。ぬるぬるしている。最初は指をワイパーのように動かしていたが、すぐに、これでは飽きられると考え直し、クリトリスを剝いて見せた。ピチピチに尖った紅真珠が飛び出した。

「木原はそこをチュウチュウしたりせんのか？」

「します。蛸のように唇を窄めて、吸います」

「ほな、それと同じように、指で摘まんで引っぱってみい。ちょい強めがええんとちゃうか」

地獄に落とされる気分だ。とんでもないことをさせる男だ。

「はい」

しかし返事はその二文字しか許されないだろう。

絵里香は、おそるおそる肉芽を摘まんだ。

「あうっ」

電流が四方八方に飛ぶ。

木原にも、いつもオナニーを見せているが、ほとんどが演技だった。指は軽く這わせているだけなのに、過剰なほどに反応してみせると木原はすぐに勃起した。

だが、目の前の道山は、その真贋《しんがん》を見極めようとしているようだった。

おまえ、本気でオナニーしているのか、という視線だ。悪人ほど疑り深い。下手に欺《あざむ》こうとすると、すぐに切り捨てられそうな空気が漂っている。

絵里香は、めちゃくちゃ指を動かした。クリトリスを摘まんで引っ張り、押しつぶした。自慰と呼ぶより、これは、ほとんど自殺行為に近い。道山が納得するまで止められないのだから、失神覚悟となる。

「あぁあああああああ。またいくぅう」

次々に高潮が襲ってきて、絵里香は尻をガクガクと振った。

「おぉ、ええで、ええで」

淫熱に浮かされて、霞《かす》んでしか見えない視界の先に、すりこぎ棒のように膨れ上がった男根があった。

「あぁあああ、会長、凄く大きい」

思わず指をインサートしたくなり、膣壺に這わせた瞬間、手首を握られた。

「跨ってこい。指じゃなくて、これを入れろ」

「はっ、はいっ」

すぐさま、ソファに座っている道山の膝に上に跨り、みずからの手で、膣口に亀頭をあてがった。

「振り返って鏡を見てみぃな。挿入の瞬間をじっくり見れるで」

応接セットの背後に姿見《すがたみ》が置かれていた。ちょうど道山と絵里香が映るように立て掛けてあったのだ。

「あっ」

道山の膝に跨り、尻を持ち上げ肉の尖りを股間に導いている自分の姿が映っていた。

その構図はかつて木原に無理やり見せられた無修正ポルノ動画の一シーンに似ている。

「どうや、鏡に映っている自分の姿は」

「私のお尻、いやらしすぎます」

尻がやたら大きく見えた。

「ほれ、もうちょっと鏡のほうへおめこを向けて、その瞬間がよく見えるようにしてくれ」

「は、はいっ」

絵里香は酔ったような声を上げた。鏡に映る自分を見て、AV嬢になってしまった気がしたのだ。

自分で言うのもなんだが、ウエストの括《くび》れの下に広がる巨大なヒップは、物凄くエロティックだ。

あの尻山の真ん中に、道山の巨根が埋め込まれる。そう思っただけで、鏡に映る紅い狭間が、ぬらりと輝きを増し、襞がよじれた。

「入れます」

「おぉ」

道山の大きな手のひらが、ウエストの両サイドを摑んだ。背中にうっすら汗が浮かび、尻は桃色に染まっていた。

絵里香は、尻を沈めた。尻のふた山の真ん中に、太くて黒い肉棒が埋まっていく。

「うっ。はっ、おっきい」

膣と視覚の両方でその巨大さを感じた。

鏡の中の自分を見ると、その眼は蕩けていた。亀裂の中に男根を完全に呑み込んでいるが、垂れた睾丸が映っているのがリアルだった。

「そのまま、土手にサネを押し付けて尻を回転させろ。鏡からは目を離すなよ」

道山に命じられる。絵里香は言われるままに、尻をカクカクと振った。陰唇の合わせ目にある突起がよじれて、マグマが噴きあがるような快感に見舞われた。

絵里香が男根を入れたまま、尻を右に回すと、道山は左に回してくる。クリトリスはよじれに翻弄された。子宮と肉芽の双方から刺激が飛んでくる。

「あっ、いやっ、おかしくなっちゃいそう」

気持ちがよすぎて、吐きそうになる。

目を開けているのが辛くなってきた。鏡に映る自分がさらにいやらしく見えた。

道山がウエストを掴んでいた手を降ろし、左右の尻山を掴んだ。むんずと握って、くわっと拡げた。

「いやぁっ」

肉棹を挟んだ秘裂が引き攣れて拡がった小陰唇までが鏡に映った。道山は八十を越えているとは思えない膂力《りょりょく》で、尻を持ち上げては下げた。さすがいまだに古武道の師範を務めているだけある。

「あうっ、はぁ〜ん。擦れる」

ずんちゅ、ずんちゅ、という肉擦れの音とともに、蜜が飛び散る。逃げ出したくなるほどの快感に、ただただ歓喜の声を上げさせられる。

まるで敵意でもあるのかというような激しい抽送だった。

絵里香はとうとう鏡を見ていられなくなり、道山の方に向き直り、その禿頭を抱え込んだ。デフォルメされた巨根を抱いている気分になる。

つるっぱげの頭頂部には無数の汗粒が浮かんでいる。絵里香は舐めた。フェラチオ感覚で舐めた。道山の頭が汗と涎でぬらぬらと光った。それはそのまま、股の奥で上下運動をしている肉棍棒の姿でもあるようだった。

「はふっ、うわっ」

絵里香は自分のリズムで上下運動を開始した。禿頭を舐めては、尻を揺さぶった。いまの自分は本職のＡＶ嬢よりもエロいのではないかと思った。

「んんん」

道山がシャツを捲り上げてきた。ブラジャーも押し上げる。正直に言えば、もう十分以上前から、いじって欲しくてしょうがなかった。乳首がツンと飛び出した。

「腫れておまんなぁ」

乳首をねめつけ、道山がそう言った。

(そんなこと言われたら、よけい腫れちゃう)

乳首に吐息がかかっただけで、倒れ込みそうになる。乳暈が俄《にわ》かに粟《あわ》立った。その瞬間、道山の唇にしゃぶられた。吸盤のようにした唇に吸い取られ、伸びた腫れ乳首を舌腹でべろべろと舐められた。

「あぁあああああああ」

淫脳に火がつき、上半身だけがロケットのように飛んでいってしまいそうになった。

そこに、道山は腰をつかってきた。乳首を舐めながら、下から怒濤の勢いで打ち込んでくる。亀頭の角度を様々に変えての乱れ連打だ。膣層がのたうちまくる。

「いくぅうううう。もういくっ、いく、だめぇえええ」

泣き叫ばされた。

「おぉおおおおおお」

道山の尻がビクンと跳ねた。続いて膣壺の中で噴火が起こった。膣壺の底が抜けるのではないかと思うほどの勢いで、精汁が爆発した。

「あぁあああ、おまんこっ、破れちゃうっ」

訳のわからないことを口走った。同時に絵里香も射潮感《しゃちょうかん》にとらわれていた。こんな感覚は初めてだった。女も射精したくなるのか。

「あうぅううう」

出た。白水がぷしゅと飛んだ。何処から飛び出したのか自分でもよくわからなかった。失禁でもなければ、愛液でもない。どっかの孔から、どっと白い水が飛び出した。

「ええど、ええど。女もそれぐらい感じないとおもろない」

太腿と腹の辺りをずぶ濡れにされた道山が、眼を丸くしている。これが潮吹きというものか。感覚としては、放尿とさして変わらない。

恥ずかしすぎて、絵里香は道山の禿頭を抱えこんで顔を埋めた。

道山の体力は半端なかった。そのまま抜きもせず、ふたたび抽送を始めたのだ。ぬるぬるの中で動かされて、また新たな快美感を得た。

「あはっ、ふひっ、ひょは」

絶頂に導かれる間隔が早くなった。

「あぁあああああ」


それから記憶を失うまで膣を擦られ、乳首をしゃぶられた。意識を回復し、繋がりをようやく解かれ時には、ふらふらだった。

「三島の御曹司については、引き受けた。送金は頼むぞ」

道山は標準語に戻っていた。まだ勃起したままなのには驚いた。

「すぐに帰社して、追加送金の手続きをさせます」

「ああ、わしのチンポの記憶が残っているうちに、仕事をしてしまうことだな」

絵里香は着衣をして、よろけながらこの場を辞去した。まだ股に棍棒が挟まっているような感じだった。

道山は、ズボンも上げずに勃起した男根を曝《さら》したままだった。絵里香は道山本人にではなく、その男根に見送られた気分だった。

＊

「女将、これでいいのんか？」

北急エージェンシーの沢村絵里香が出ていってすぐに、勃起した肉茎を曝したまま間山道山は声を張り上げた。

「へいへい、ご苦労さまでした」

金屏風の裏側から、富久町の料亭『吉粋』の女将、谷口綾乃が出てきた。艶《あで》やかな着物姿だ。

「もう、屏風の裏から鏡に映る様子を眺めておりましたけど、あの娘さん、淫乱でしたねぇ。会長も久しぶりに若い壺に入れて昂奮したのではありませんか」

綾乃がちょっと拗《す》ねた顔をした。

道山はどうもこの顔に弱い。

「女将が、たっての頼みだと言うから、芝居打ったんやで。保守政界の最大のパトロンでもある三島昇の次男なんぞに、わしが手出しできるわけがなかろう。下手を打ったら、わしがあの世行きや」

「心配いりませんよ。北急の中でもちっちゃな会社のゴタゴタですから。訳あって、私がちょっと手を突っ込むことになったものですから」

綾乃は帯の間から扇子を取り出して道山の頭をあおいだ。

「わしは女将の割れ目に指を突っ込みたい。約束やから今日はやらせてくれるんやろな」

道山は勃起を揺らした。

この女狐にぶち込んでやりたいという願望が、この肉茎を漲らせているのだ。さきほどのような小娘とは何発やっても満足することはない。

「都合、八千万円も引っ張っておいて、約束もなにもありませんよ。私、そこは聞いていませんよ」

「芝居にもリアリティが必要やろ。金を要求した方が、わしが真剣に仕事をするように見える」

「会長に木原さんを紹介したのは私ですから、半分はこっちに回してくれないと」

綾乃は指を四本立ててきた。

道山は思わず胸底で「このくそババア」と叫んだ。声に出さなかったのは、それでも挿入はしたかったからだ。

「しょうがない。明日三本入ったら二本、鬼頭に届けさせる」

闇の仲間の金銭授受は現金と決まっている。儲けそこなった。

「それでまとめましょう。残りは年内に」

綾乃がたちどころに着物の裾を捲った。白い長襦袢ごと捲る。ちらりと陰毛が見えた。

「おぉお」

「帯を解くとややこしくなるので、このまま跨ぎますね」

「おぉ、それがいい」

綾乃が膝に跨り、男根に蜜壺をずっぽり被せてきた。ネバネバとした蜜液を押し出しながら、てっぺんを突く。

「おおおおぉ。狭くて圧迫されるっ」

これが政財界のブラックボックスと呼ばれる淫壺だ。この壺を通して、裏金や利権が行き来しているのだ。綾乃がグラインドした。絞りがきつくて、気持ちいい。

「ねぇ、会長。木原にはどんな情報を渡すつもりですか。だいたい昇次郎さんは、独身ですから、不倫というネタでは叩けないでしょう」

「適当にでっち上げるさ」

「私、いい情報持っていますよ」

綾乃が囁いた。淫膣を収縮させながら言う。耳で聞いているのか、チンポで聞いているのか混乱した。

凄い内容だった。

(まったくこの女はどこからそんな情報を仕入れてくるのだ)

道山は呆れた。だがそれは、木原に渡す恰好のネタとなる。しかも真実となれば、自分もいち早く手を打つことが出来る。

「なんで、わざわざあの女をわいのところに来るように仕向けたんや。そんなん、女将が木原に吹きこめばよかったんと違うか。まったくさかさまの情報を流したらええのにや」

「間山道山が加工した情報を渡した方が真実味が伝わるでしょう。人を騙すのにもっとも必要なのは、本当に見えることですよ」

綾乃が、ぎゅっと壺を締めた。

「んがっ。株をいまから買うかな」

「へい、せいぜい気張ってくださいな。私はもうかなり買いましたんで」

「おわっ」

道山はしぶいた。

第六章　ＯＬの花道

1

とうとうこの日がやって来た。

平成最後の師走。十二月二十日。木曜日。

一段と冷える日であった。紀尾井町からほど近い青山にある斎場。

師走にもかかわらず、多くの経済人たちが集《つど》っていた。

「小林誠二君、どうしてきみはこんなにも早く逝《い》ってしまったのだ。日本の広告業界は、まだまだきみを必要としていたはずだ……」

グループ中枢の北急電鉄の社長が弔辞を読んでいた。

現職の社長の逝去とあって、社葬となった。

遺影は白い花に囲まれていた。小林前社長は笑っていた。生前のうちに故人が、クリエイティブのカメラマンに遺影として撮影させていたものだそうだ。

その笑顔は、権力闘争からようやく解放されたような安堵に満ちあふれているようだ。少なくとも美恵子にはそう見えた。

美恵子は、役員たちが居並ぶ最前列の脇に葬儀社の人間に混じって立っていた。あまりにも寒いので使い捨てカイロをあちこちに貼ってあった。

故人をさほど知らないので、美恵子に特別な感情はなかったが、すぐ横で社長秘書だった志田架純が眼に何度もハンカチを当てる姿は、痛々しかった。

二週間前に飲んだ時の嫣然とした表情は微塵もない。乳首もたぶんいまは勃起していないだろう。

秘書という仕事にはとても微妙な部分がある。

美恵子は架純と小林社長の遺影を見比べながら、そんなことを思っていた。

文字通り重要人物の秘密の部分を取り扱う仕事であり、だがしかし、深くその人物にのめり込んでもならない仕事である。たったひと月足らずの間にも、美恵子はそのことを痛感していた。

誰より早くその機密を知っても、それについて感情を挟むことは許されないのだ。

美恵子はすでに次の社長が誰であるか知っていた。

副社長の秋山真人も知っている。だが公言は出来ない。手順は着々と整っているが、発表は年明け一月十日の臨時取締役会での緊急動議でやるということになっている。

残された十四人の取締役には、それぞれに思惑がある。

弔辞が終わり、献花となった。

夫人と娘が先に献花し、続いて副社長、専務、常務の順で祭壇に向かった。社葬とあって宗派色を排した献花の方式となったのである。広告代理店という八方美人でなければならない業種の特徴はこんなところにも表れている。

会葬者が順に献花に進み始めたところで、美恵子はロビーに向かった。

芳名帳のコピーを取るためだ。

芳名帳は出棺後、全冊総務部が回収し、社に持ちかえり、コピーを取って各役員に配布することになっているのだが、一時間でも早くそのコピーを手に入れるのもまた秘書の役目である。帰社する車の中で秋山に見せることが出来るのだ。

志田架純と畠山洋子から教わったことだ。

全員の献花が終わるまで、おそらく一時間はかかる。その間秋山は着席したままとなる。いまが恰好の時間帯だった。

受付で、都合十冊ほどの芳名帳を預かり、事務室に駆け込みコピーを取った。斎場の事務員や葬儀社の社員が手分けして、数台あるコピー機をフル稼働させてくれたので、すぐに取れた。

取って返して受付に戻り　芳名帳を戻したが、まだ時間は充分あった。

美恵子は正面玄関から外に出た。外気を吸いたくなったのだ。

すでに霊柩車が到着していた。なにげに眺めていた。

「リンカーンコンチネンタルのカスタム仕様。最高級車だ」

背中で声がした。振り向くと中川慎一郎が立っていた。一昨日、上野のラブホでセックスしたばかりだ。

中川は弔問に来たテレビ局の取締役をケアしていたが、やはりこの時間は空いたようだ。

「見ようによっては、リムジンね」

美恵子は紙袋をぶら下げたまま、そう答えた。湿っぽい席で、しんみりするのは性《しよう》に合わない。社葬といえども自分たちにとっては、ひとつの業務でしかないのだ。

「リムジン中のリムジンだよ。なんといっても寝たまま乗っていられるんだから」

中川も同じ気持ちのようだ。

不謹慎な会話なのは承知だけれども、そんな会話の方が日常的だ。葬儀会場というのは、どうも日常から切り離された場所のようで、気持ちが落ち着かない。

「あれの中で、やったことのあるやつっているんだろうか？」

中川が霊柩車を指さして言った。

「指さしはやめなさいっ」

その手を下ろさせた。

「なんか、福岡課長の喪服姿、超エッチ臭いんだけど」

美恵子の身体のあちこちに視線を這わせながら言う。

「課長って呼ぶのやめてくれない」

愚弄するつもりもなければ、嫉妬しているのでもないのは理解している。中川独特の洒落である。

「なぁ、またとないチャンスじゃないか？」

中川の瞳に好色な輝きが宿った。他人が見ればスケベで危ない男の視線。だが恋人の美恵子からしてみれば超セクシーな視線である。

「何を考えているんですか、中川課長補佐？」

補佐の部分を強調して言う。

「喪服でエッチ」

耳もとに手のひらを掲げて囁かれた。

「あの車で？」

「いや、それは無理でしょう。福岡課長も凄いこと考えますね。あの車、これから小林社長を運ぶんですよ。そこで、社員が絡んじゃまずいでしょう」

「まずいわよね」

その気になっている自分がいた。

「あっち」

中川が駐車場の奥の方を指さした。常緑樹の木立があった。

「いやいや、見えるでしょ」

完全にその気になっていた。

「見えないよ。あの一番大きな木の裏で課長が両手を突くパターンで」

「なんかのはずみで、顔が木から出たらどうするのよ」

「顔が見えないんなら、いいんだ」

「いや、そういうわけじゃないけど」

目がたぶんトロンとなっているのは事実だ。

「なぁ、めったにないチャンスだぜ。お葬式エッチ」

中川が殺し文句を吐く。

「そうよねぇ」

気持ちが上滑りしだしていた。

中川が歩きだした。いったん木立の方向ではなく駐車場の奥の方へと進む。黒の高級車が並んでいる。

車寄せから続く駐車場の奥が壁になっている。その向こう側は墓地だ。明治の元勲や文人墨客の墓が並ぶ、都内屈指の有名霊園である。

美恵子はさりげなくついて行った。

突き当たると中川は何かを探すふりをしながら、次第に木立の中に分け入っていく。

美恵子も続いた。緑の中に入ると同時に、視線をあちこち這わせた。

「あそこがいい」

中川が小声で言って顎をしゃくった。そこは木立の背後にある壁の一隅であった。

「平気かしら。見えない？」

美恵子はその一隅に進み背後を見た。緑の樹々に囲まれており、斎場の方からは完全に死角になっている。

しかも前方は白壁だ。

「壁に手を突いてよ。場所は確保したが、時間はない」

中川に急《せ》き立てられた。

「うん。早くしなきゃ」

自分は何を言ってるんだろうと思いつつ、喪服を着たまま白壁に手を突いた。

「白と黒のバランスが何ともいえない。そそるなぁ」

中川がスカートの裾をゆっくり、持ち上げるように捲った。もちろん下には黒のパンストを着けている。タイトスカートなのでペロンとは捲れない。裾を徐々に上に持ち上げていくしかないのだ。臀部を抜けるのに手間取った。

「なんか、おばちゃんみたいじゃね？」

ようやく桃尻を剝きだした中川が、不意にそう言った。

「えっ？」

「カイロ、貼ってある」

「やだぁ」

まさかここで男に尻を見せるなど思ってもいなかったので、尾骶骨《びていこつ》のところにも貼ってある。

「取ってよ。そうじゃないとパンストが下ろせない」

「でも、出棺の時は秘書も駐車場の外に並ぶんだろう。いいのか？」

「そうだけど。かまわないわよ」

仕事とセックスではセックスの方が優先される。特にめったにない葬儀場エッチだ。逃してはならない。

「わかった」

中川が使い捨てカイロを剝がし、喪服の背中に貼った。

「取り合えず、後でまた腰に戻す」

「ありがとう」

中川の手がパンストに伸びてきた。パンストとパンティを同時に脱がされる。どちらも膝までだ。速攻エッチだからしょうがない。

「葬式で赤いパンティはないんじゃないかな」

中川がいちいちうるさい。

「見えるわけじゃないんだから、いいでしょうよ。黒は全部幅が狭いのよ。それもないんでしょ」

「見せるわけじゃないんだから、ハイカットでもいいだろう」

「狭いパンティは、あなたに見せるときのためでしょう」

「ぐっと来ること言うねぇ」

「あの、寒いんですけど」

美恵子は尻を震わせた。媚びているのではない。十二月の空の下で生尻を晒しているのだ。生理的に震えてくる。

中川がベルトを緩めファスナーを下ろす音がした。この音を聞いただけで、尻山が緊張してぶつぶつと粟立ち、その谷底が蠢《うごめ》く。

「ちょっと手扱《てこ》きしてくれ。緊張しているせいか、まだ半勃ちなんだ」

「口でしてあげようか？」

前を向いたまま言った。

「いや、万が一暴発したら喪服に飛ばすことになる」

いちおう気を使ってくれているようだ。

美恵子は、背後に手を伸ばした。リレーでバトンを受け取るような姿勢だ。中途半端に張り詰めた陰茎を握り、手筒を揺り動かした。何度もバトンを受け取っている感じだ。

シコシコと十秒ほどしごいていると、そこはしっかりとしたバトンになった。

「あっ」

ぴちゃっ、と秘裂に当たる音がして、肉の尖りが膣口を押し広げてきた。

「あぁああ～」

冷たくなっていた尻山の中心にぽっと火が入ったような感触だ。

美恵子は白壁に突いた両手を踏ん張った。相撲の突っ張りのような状態。

「ひゃはっ」

ラブホでは味わえない快感に包まれる。

「贅沢な青姦《あおかん》だよな」

中川が感嘆の声を上げながら、カクカクと腰を振ってきた。場所が場所だけに、初めからフルスロットルだ。

美恵子は必死で声を出さないように喘ぎを呑み込んだ。場所柄、周囲は静寂に包まれている。喘ぎ声は斎場にまで響き渡るだろう。

「その壁の向こうには、凄い人たちが眠っているんだ」

美恵子の淫孔を穿ちながら、中川は両手を伸ばしてバストも揉んでいる。さすがに脱がせはしない。ＴＰＯは弁《わきま》えている男だ。

「どんな人たちが」

おまんこをしながら社会勉強をするのもなんだが、興味はあった。美恵子にとってこの墓地は花見のスポットでしかなかった。

「大久保利通、乃木希典、池田勇人、それに歴代の市川団十郎。ちなみに忠犬で知られるハチ公の記念碑もご主人の上野英三郎教授の墓の横に建てられている。文人では国木田独歩」

「あぁ、なんか、伝説の人たちの前で、こんなことしているなんて」

「だから、めったにないチャンスだろ」

中川が猛烈に擦り立ててきた。そもそも非日常的な空間にいるのに、さらに別世界に飛ばされたような気分になった。欲望の炎が総身を包み込む。

「あぁあ」

急に極点が見えてきた。

「なんか、俺、もう出しちゃいそう」

「出して、もう私もいきそうなの」

壁の向こうにいる歴史上の有名人とやっている気分になってきた。誰をイメージしていくべきか、と妄想しているうちに、中川はしぶいてしまった。きっとこちらの妄想に感づいたのに違いない。意外にやきもち焼きだ。

抜かれる瞬間、美恵子も昇《い》った。

「あぁああ」

瞼の中に浮かんだのは、どういうわけか歴史上の人物ではなく、小林前社長の笑顔だった。

(ひょっとして、いま成仏したか?)

すぐに身支度をして、木立を離れた。

公園などと違い、ここでやったのはおそらく自分たちが最初で最後ではないかという気がした。

献花の列はいよいよ終わろうとしていたが、役員の退席にはどうにか間に合ったようだ。

平成最後の師走もいよいよ終わりに近づいている。

決戦の一月十日まで、後二十日だった。

2

一月七日。月曜日。午後四時。

とうとうこの日が来たと、沢村絵里香は長い溜息をついた。

京都堀川七条にある『北急ホテル京都』のロビーサイドにあるカフェで、待ち合わせをしていた、相手は『週刊チャンス』の記者鈴木《すずき》有介《ゆうすけ》である。

金髪のウイッグと黒縁メガネをしていた。日ごろの自分とは印象がまるで違うはずだ。このホテルで北急関係者がこの姿を見ても沢村絵里香とは気付くまい。

週刊チャンスは写真週刊誌の草分け的存在である。毎週木曜日の発売である。つまり一月十日だ。

週刊チャンスを発行する談判社《だんぱんしゃ》は東京にあるが、あえて京都で落ち合うことにした。間山道山の計らいである。

道山は振り込んだ金額に見合う仕事をしてくれた。昨年のうちに三島昇次郎のスキャンダルを摑んでくれたのである。

正確に言えば、それはスキャンダルを摑んだのではないだろう。三島昇次郎に刺客となる女をあてがったということだろう。

スキャンダルメーカー間山道山のいつものやり方だ。

すでにふたりの密会写真もそろっている。あえてその女の素性は伏せられていた。

ニューヨーク在住の日本人女らしいが、いずれにしても、このために用立てられた女であろう。

鈴木有介は、待ち合わせ五分前にやって来た。

醜聞ばかりを集めている記者にしては、柔和な表情の男だった。なるほどこういう雰囲気の男のほうがターゲットに接触しやすいのだろう。

「はじめまして。小松《こまつ》さんですね」

鈴木が名刺を差し出してきた。

「こちらこそお世話になります。フリーライターの小松めぐみです。間山先生には大変お世話になっております」

絵里香は偽名を名乗った。間山政経書院の入っている新橋のビルで作らせた名刺を渡す。住所と電話番号は間山政経書院と同じものを使い、自分の個人スマホの番号とアドレスを足してある。

本物のフリーライターもだいたいこのようなものらしい。

「はい、私も間山先生にはよくご指導いただいております。年明けから体調不良ということですが、いかがなご様子ですか？」

本来は、間山が鈴木に会う予定であったが、五日になって体調がすぐれないと代理の鬼頭が連絡してきた。熱海のセカンドマンションでしばらく静養するという。

三島昇次郎の醜聞は、どうしても十日の役員会までには必要だった。そこで絵里香が代役で鈴木と会うことになったのだ。

「どうということはありません。いかに元気に見えても、八十二歳です。寒い季節は静養が必要になります」

鬼頭から聞かされた話をそっくり鈴木に返した。

「お話を聞きましょう」

「この写真です」

絵里香はプリントアウトしてきた写真をコーヒーテーブルの上に並べた。

三島昇次郎が女の肩を抱き、ホテルに入るシーンや、タイムズスクエアを歩く際に尻やバストをさりげなく撫でている写真である。女は四十歳ぐらい。化粧は濃い。

鈴木はカッと眼を見開いた。スクープを狙う記者の眼だ。

絵里香は、はやし立てた。

「これは昨年の暮れにニューヨークのあるホテルで撮影したものです。三島が社長をする北急ホテルではありません。グリニッジビレッジにある小さなホテルでした。いわゆる隠れ家的なホテルですね」

さも自分が取材したように話した。

「まぁ、日本のようなラブホはない国ですからね。木賃宿などを使うのでしょう。しかし、なんですかこの淫らな歩き方は」

「相手の素性は、はっきりしません。ロングアイラインドやクイーンズのモーテルにもよく出没しているので、おそらくはプロの女性ではないかと」

「うーん。独身男性が、娼婦と遊んでも大した問題ではないのですが、日本を代表する企業群の後継者となれば、品格、資質の問題で叩けますね」

「そうでしょうとも」

「この写真だけでも、エロい。総合週刊誌ならば、より記事の補強が必要ですが、うちのような写真週刊誌では、これで充分いけます。いちおう本人にぶっつけてみますがね」

鈴木が眼を輝かせた。

「いま、画像データをすべて送ります。このメールにあるアドレスでよろしいんですか？」

絵里香は鈴木の名刺にある社名の入ったアドレスを指でなぞった。

「はい結構です。ここにあるタブレットに同時に入りますから」

作業に二分ほど要した。

「いただきました」

タブレットを確認した鈴木がエレベーターホールの方を見つめた。

「そろそろ、会議、終わる頃ですよね」

「四時半には終了すると聞いていますから、そろそろかと思います」

絵里香は答えた。

昨夜からすべての北急ホテルの社長がここ京都に集まり、今年の基本方針を確認し合う会議をしている。

旗艦ホテルは渋谷であるが、年初のこの会議は例年京都で行われることになっていた。

国内だけではなく、ニューヨーク、ロンドン、パリの北急ホテルの社長も集まっており、そこに三島昇次郎も参加しているはずだった。

わざわざ京都で待ち合わせた本音はここにある。

「私の調査では、午後六時から祇園に繰り出すことになっていますから、そろそろ会議は終了して、みなさん、小休憩をとるためにロビーに降りてくる頃だと思います」

なんのことはない、同じグループで働いているので、予定表ぐらいはすぐに手に入るのだ。それをもったいつけて「私の調査では」と切り出したのは、間山から入れ知恵されたからである。闇社会の人間たちの話法ではあるが、勉強になった。

「降りてきたみたいですね」

鈴木が声を上げた。

エレベーターホールに視線を向けると、いかにもホテルマンらしい身なりのいい紳士たちが集団で出てきた。

その中のひとりに三島昇次郎がいた。絵里香は初めてナマ昇次郎を見た。写真で見るのとは異なり、目も眩《くら》むほどの輝きを持った男であった。

あの男になら、バストもヒップも触られたい。

その顔を見ただけでオナニーがしたくなった。

「私は、顔を知られている可能性があるので、ちょっとお手洗いに行ってきます。その間に、体当たりで質問をぶつけて、反応を見てください」

「承知しました」

鈴木が即座に立ち上がった。絵里香は、静かに立ち上がり、会計を済ませて、手洗いのある方向へと歩いた。

途中、ロビー中央にある大きな柱の陰に隠れて、鈴木の行動を見守った。オナニーもしたかったが、その前に、昇次郎の反応が見たかった。仰天した顔は最高のオカズになりそうだ。

鈴木が、昇次郎が群れから離れるのを待ち、ひとりコンシュルジュカウンターへ向かおうとしているところに急接近した。

話しかけた。昇次郎は笑顔で頷いている。鈴木がタブレット見せた。

昇次郎の顔が見る間に引き攣り、蒼《あお》ざめた。

(やはり)

鈴木が何か懸命に言っている。

昇次郎は真剣な眼差しで聞いている。

何か言っている。弁明しているようだ。鈴木がメモを取っている。昇次郎が小走りにエレベーターの方へと引き返した。鈴木が追い縋っている。

昇次郎はエレベーターへと逃げ込み、扉を閉めてしまった。鈴木は深追いはしなかった。確証を摑めたのではないか。

絵里香はオナニーをしに行くのはやめて、ロビーに引き返した。

鈴木がスマホをタップしながら正面玄関に向かっていた。絵里香は追いついた。並んで歩く。タクシー乗り場が見えてきた。

「どうでしたか？」

歩きながら訊いた。

「間違いなくスクープです」

「相手の素性は、わかりましたか？」

「いや、それは不明です」

鈴木はやけにきっぱりと答えた。

「そうですか」

実は絵里香はそこが知りたかった。

「でも、すぐに記事にします。今週の木曜日には確実に記事にします」

「本当ですか」

「今メールで編集長の了解を取ったところです。小松さん、ですからこの件は絶対に他社には漏らさないでください。いいですね。うちが特ダネとして大きく扱いますから」

小松と呼ばれて一瞬眼が泳いだが、偽名を使っていたことを思い出し、頷いた。

「絶対に漏らしません」

「ではすぐに東京に戻りますので」

鈴木はタクシーに乗り込んだ。

絵里香は堀川通りを歩きながら、木原に電話をした。

「専務、大丈夫です。役員会の当日、記事は出ます。強気で多数派工作をしてください。取締役会の始まる午前十一時には、グループ全体が大騒ぎになっていると思います。三島昇次郎擁立には、今日のうちから堂々と反旗を翻してOKです。十日の朝には全員、木原専務につくと思います」

木原の弾む声が返ってきた。

「絵里香、よくやってくれた。これで、俺が一気に社長になれる。絵里香は三階級特進だ。来週の月曜日には辞令を交付する。第二営業部の部長でどうかね」

「謹《つつし》んでお受けいたします」

絵里香は、スマホを切った。

もはや京都には用がなかった。

部長昇進が決まったこともあり、絵里香は奮発してタクシーで伊丹空港に向かうことにした。金髪ウイッグも伊達メガネも歩きながら外した。通りかかったコンビニの前にあったゴミ箱に捨てた。

(部長、沢村絵里香)

心の中でそう唱えた。何度唱えても気持ちがよかった。

3

一月十日。午後七時。

とうとうこの日がやって来たのだ、と福岡美恵子は感慨に耽りながら、猛然と陰茎をしゃぶった。

もちろん中川慎一郎の陰茎である。

今夜は記念すべき初エッチのラブホ、歌舞伎町の「ホテルバージンバージン」にやって来ていた。

中川が大好きなポイントである亀頭の裏側の三角地帯を、しつこく舐めてあげた。ご褒美フェラである
「あぁあ、福岡課長、気持ちがいい。そこばかりやられたら出ちゃうって」

「どうぞ、フェラで一回出してください。中川専務」

「やめろよ。その専務っていうの」

「あら、秘書としてこれからお仕えするんですから、呼び慣れていないと、まずいわ」

べろべろとやった。

「おぉおおっ」

中川が勢いよく飛ばしてきた。ゼイゼイと荒い息を吐いている。美恵子はゴクリを呑み込んだ。

「姉貴を、来週紹介するよ」

「帰国するんですか？」

「うん、経済記者クラブにはちゃんと会見しないとまずいだろうということになった。写真週刊誌に抜かれたんで、全国紙の記者たちが怒っているって」

「それにしても、凄い持参金だわ。エンペラーインをすべて北急ホテルの傘下に入れるって誰も気が付かなかったわね」

「いやぁ、元はラブホで始めたのが、いつの間にか名門ホテルの名前を冠することになったんだから、持参金というより、玉《たま》の輿《こし》に乗ったようなものだ」

今朝発売の週刊チャンスが大々的に報じていた。

【北急エンペラーイン誕生】

大スクープだった。

北急グループの基幹事業のひとつである北急ホテルが、大手ビジネスホテルチェーンであるエンペラーインを吸収合併。ビジネスホテル事業にも進出するとあった。

同時に北急グループ創業家の次男三島昇次郎とエンペラーインの創業者の長女中川光枝《みつえ》が既に婚約済みであることも判明したと伝えている。

戦国時代のような政略結婚ではないかと記事は批判していたが、スキャンダル記事ではなく、経済ネタのスクープであった。

「姉貴のヒットだ。ニューヨークでモーテルチェーンの買収を企んでいたくせに、昇次郎さんと日本人会のパーティで知り合うと猛然とアタックしたんだ。グリニッジビレッジの自分が買収したホテルに引っ張り込んでね」

「姉弟ともに、やんちゃなのね」

「だって、ラブホ経営者の娘と息子だよ。生まれたときからエロいことばかり考えていたんだ」

「『エッチな頭脳は成功を呼ぶ』を地で行くふたりね。あなたも創業家に連なる人として専務になったわ」

　エージェンシーとしては、北急本体とより強い絆を構築する要員として中川を抜擢したのだ。本来は平取締役の予定であったが、新社長の秋山が強引に専務に推挙した。本日の取締役会では、秋山に異論を挟める者などいなかったようだ。

「まぁな。しかし今回は木原さんの大エラーもあったからな」

　中川は、美恵子の脚を割り、股間に顔を埋めながら話し始めた。

「あの、どこに語り掛けているんですか？」

「美恵子ちゃんの穴」

　いきなり花びらを舐められた。

「あんっ」

　八時間前。

　北急エージェンシーの臨時取締役会はほぼ十分で終了した。

　最大の懸案であった社長人事は秋山副社長の昇格。副社長には松尾常務が収まった。

　旧小林派の圧勝である。

　木原専務は解任となった。

　その理由は、背任行為の疑いである。十二月に自己決裁で出金した合計八千万円が、反社会組織のフロント企業に流れていたと判明したのだ。

舞台製作会社と記され、イベント経費の前払い金として支払った相手先のハニー企画とは、舞台製作は舞台製作でも、非合法のストリップ興行を行っている会社であった。

このことは即座に表に出さず、内々に穴埋めするようだ。

おそらく新生「北急エンペラーイン」の大量テレビスポットの料金で調整されることになろう。

木原は口封じのために放り出さず、子会社の平取締役に転出させることで落着させた。子会社とは広告代理店とは無縁のマンション管理会社である。

木原の片棒を担いだとされる第一営業部の部長本橋史郎は北急ホームズの住宅展示場の案内係に出向。第二営業部の課長補佐、沢村絵里香は北急百貨店の受付嬢として派遣された。一見華やかに見えるが、女の闘いのもっとも熾烈な部門である。お乱れ会の仲間たちが手ぐすね引いて待っているはずだ。

「あぁあぁ、クリ舐めしつこすぎるっ。そろそろ私のことも吸収合併してっ」

美恵子は尻を振った。

「吸収合併されるのはチンポの方だろう」

中川が精気を取り戻した砲身を、美恵子の泥濘《ぬかるみ》に挿し込んできた。

「あぁあああ、いっぱい吸収しちゃう」

美恵子は、蜜を飛ばして膣壷を収縮させた。中川がピッチを上げてきた。

「いいいいいいっ」

昇きそうになった寸前で止められた。この寸止め地獄を使うときはたいがい厄介な質問をしてくる
「なぁ、結婚しないか？」

「へっ？」

呆気にとられた。おまんこしながら言うことか？

「どうだろう。生涯秘書って？」

「昇ってから返事する」

美恵子は土手を打ち返した。

「わかった」

中川が猛烈な勢いで突き動かしてきた。

「あぁあああああああああああああああ」

＊

とうとうこの日がやって来た。

そう思っているもう一組の男女がいた。

「売った、売った。今日の前場《ぜんば》で、すべて売り払ったわい」

間山道山は、猪口に入れた燗酒を一気に呷った。富久町の料亭吉粋の奥座敷。

差し向かいに座る女将の綾乃が、銚子を傾け、さらに注ぐ。

「お互い、儲かりましたねぇ」

「女将も悪よのぉ」

道山は猪口を返した。

「あら、ちゃんと情報は流したわ。会長、一億は確定したのではありませんか」

お互い浴衣を着ていた。それで充分なほどにエアコンは効いている。

「まぁ、そんなところだ。しかし、わしが北急ホテルとエンペラーインの株を買い入れたのは、十二月十四日からだ。ちぃと遅かった。綾乃はもっと安い時から買い進めていたんやろ」

「それはもう、エンペラーインの社長さんとは長いお付き合いですから」

「まったく、おまえのおめこは、ほんまにブラックボックスや」

「いやですねぇ。私のここはそんなに黒くありませんよ。ピンクですから」

綾乃がチラリと膝を割って見せる。

「もう入れたくてたまらんわ」

道山は禿頭を叩いた。

「では、そろそろ、移りましょうか。儲けた日の夜は、とにかく疼いて」

立ち上がった綾乃が、次の間へと続く襖《ふすま》を開けた。

絢爛《けんらん》豪華な布団が敷いてある。

「ずいぶん前の総理大臣も入ったことのある床でございます」


（了）

※本作品はフィクションです。
作品内の人名、地名、団体名等は
実在のものとは関係ありません。

長編小説

欲望女課長《よくぼうおんなかちよう》

沢里裕二《さわさとゆうじ》

2018年12月3日　初版第一刷発行

ブックデザイン……………………… 橋元浩明(sowhat.Inc.)

発行人……………………………………………… 後藤明信
発行所…………………………………… 株式会社竹書房
〒102-0072　東京都千代田区飯田橋2－7－3
電話　03-3264-1576（代表）
03-3234-6301（編集）
http://www.takeshobo.co.jp
印刷・製本………………………………凸版印刷株式会社

ISBN978-4-8019-1670-8　C0193